Josef Freund
Franz Jarolim
Ernst Pacolt

Zeichnungen:
Christine Sormann

Max

öbv

Mein Wörterschatz

Österreichisches Wörterbuch für Volksschulen

www.oebv.at

Mit Bescheid des Bundesministeriums für Unterricht, Kunst und Kultur vom 23. Oktober 2013, GZ BMUKK-5.018/0069-B/8/2013, gemäß § 14 Absatz 2 und 5 des Schulunterrichtsgesetzes, BGBl. Nr. 472/86, und gemäß den derzeit geltenden Lehrplänen als für den Unterrichtsgebrauch an Volksschulen für die 2. Schulstufe im Unterrichtsgegenstand Deutsch, Lesen, Schreiben sowie für die 3. und 4. Schulstufe im Unterrichtsgegenstand Deutsch, Lesen geeignet erklärt.

Dieses Schulbuch wurde auf der Grundlage eines Rahmenlehrplans erstellt; die Auswahl und die Gewichtung der Inhalte erfolgen durch die Lehrerinnen und Lehrer.

Schulbuchnummer: **105286**

Liebe Schülerin, lieber Schüler,
du bekommst dieses Schulbuch von der Republik Österreich für deine Ausbildung.
Bücher helfen nicht nur beim Lernen, sondern sind auch Freunde fürs Leben.

www.oebv.at

Layout und grafische Gestaltung: Nike Rosa de Pauli
Herstellung: Nike Rosa de Pauli, Wien
Redaktion: Karin Stern, Wien

2. Auflage (Druck 0009)

Druck: Druckerei Theiss GmbH, St. Stefan im Lavanttal

ISBN 978-3-209-03572-1

▸ So ist das Wörterbuch aufgebaut:

Zu Beginn findest du ein Bild-Wörterbuch, mit dem du die Reihenfolge des Alphabets üben kannst.

Im kleinen Wörterverzeichnis kannst du lernen, Wörter nach den ersten Buchstaben nachzuschlagen.

Auf Seite 14 kannst du trainieren, wie man Wörter im Wörterbuch findet.

Im großen Wörterverzeichnis findest du alle wichtigen Wörter, die du in der Volksschule brauchst. Es gibt dir Hinweise über die Wörter unserer Sprache:
- Wie sie geschrieben werden,
- was sie bedeuten,
- wie sie getrennt werden.

▸ So will es dir helfen:

Das Wörterbuch hilft dir vor allem bei der Rechtschreibung. Wenn du nicht weißt, wie ein Wort geschrieben wird, kannst du hier nachschlagen.

Es kommt aber auch vor, dass du die Bedeutung eines Wortes wissen willst: vielleicht das Wort **Autogramm**. Du findest die Erklärung in einem Satz: Autogramme sind Unterschriften von berühmten Personen.

Manchmal möchtest du wissen, wie du ein Wort am Zeilenende trennen sollst. Die blauen Striche innerhalb der Stichwörter helfen dir dabei.

▸ So kannst du dich im Wörterbuch zurechtfinden:

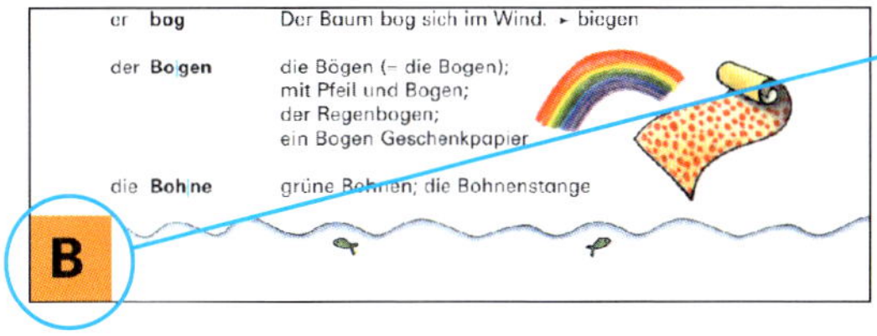

Einen ersten Hinweis geben dir die Buchstaben am linken oder rechten Seitenrand. Sie zeigen dir den Anfangsbuchstaben der Stichwörter auf dieser Seite an.

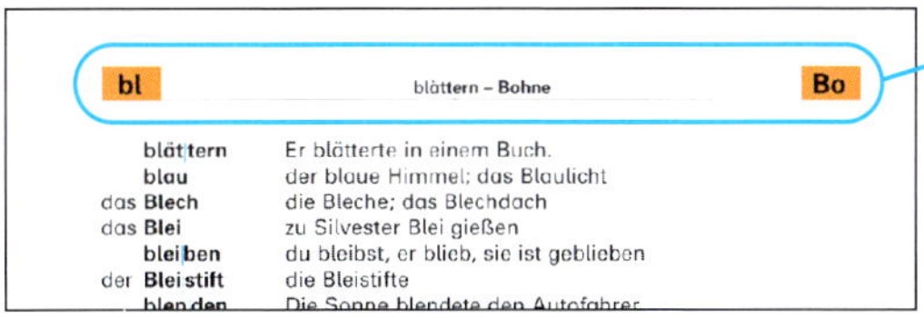

Auf dieser Seite findet man Wörter mit dem Anfangsbuchstaben B oder b. „blättern“ ist das erste und „Bohne“ das letzte Stichwort auf dieser Seite.

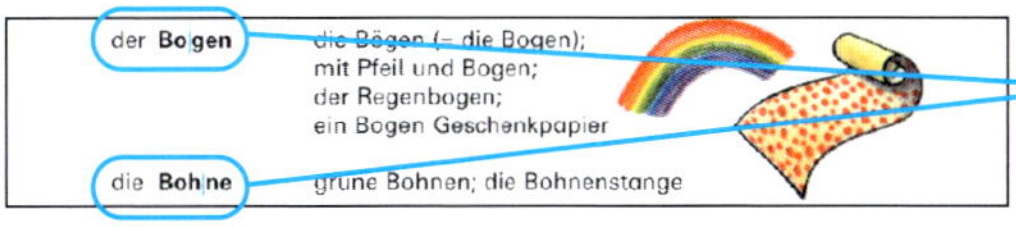

Diese fett gedruckten Wörter heißen Stichwörter.

das **Früh|stück** der **Fuchs** **füh|len**	Die Stichwörter sind nach dem Alphabet geordnet.
die **Ana|nas**	Vor Stichwörtern, die Namenwörter sind, steht ein **Begleiter**.
hof|fen **höf|lich** **hohl**	Stichwörter mit Umlauten (ä, ö, ü) sind eingeordnet wie Wörter ohne Umlaut.
die **Fab|rik** **Fa|brik**	Die **blauen Striche** zeigen dir, wie ein Wort abgeteilt werden kann. Gibt es zwei Möglichkeiten der Trennung, findest du die zweite Möglichkeit immer am rechten Seitenrand.
das **Foul**	Die **blaue Sprechblase** zeigt dir an, dass bei diesem Wort Schreibung und Aussprache nicht übereinstimmen. Erkundige dich, wie man es spricht!
die **Fotografie** (= die Photographie) der **Petersil** (= die Petersilie) du **wäsch(s)t**	Die **Klammer** zeigt, dass man das Wort auch so schreiben kann.
er **bewies** ➝ beweisen er **drischt** ➝ dreschen	Der **Pfeil** weist auf eine andere Form des Wortes hin.

▸ So findest du veränderte Wörter:

die Häuser — Du suchst das Wort „Häuser“ und findest es unter dem Stichwort „das **Haus**“.

Suchst du ein Namenwort, findest du es als Stichwort in der Einzahl.

▸ So findest du zusammengesetzte Wörter:

das Haustier — Du suchst das Wort „Haustier“ und findest es unter dem Stichwort „das **Haus**“.

Nicht alle zusammengesetzten Wörter stehen im Wörterverzeichnis. Dann musst du jedes der beiden Wörter für sich nachschlagen.

der Affe
der Affe

der Apfel
der Apfel

das Auto
das Auto

A

der Bär
der Bär

die Blume
die Blume

das Buch
das Buch

B

Cäsar
Cäsar

der Clown
der Clown

der Computer
der Computer

C

D

der Dackel
der Dackel

die Dose
die Dose

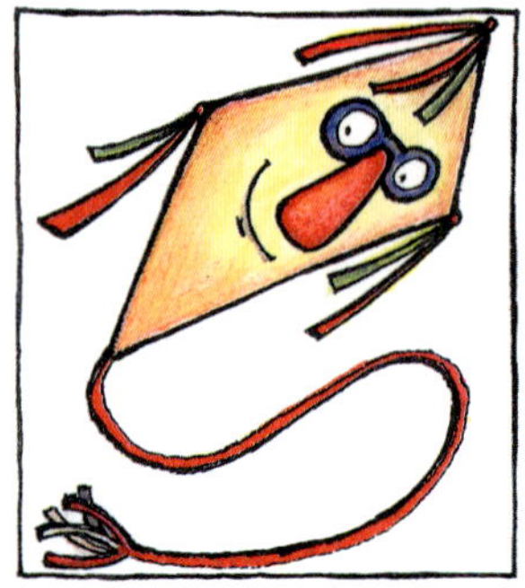

der Drachen
der Drachen

E

der Elefant
der Elefant

die Ente
die Ente

der Esel
der Esel

F

das Fenster
das Fenster

der Fisch
der Fisch

die Flasche
die Flasche

die Gans

die Gans

die Gitarre

die Gitarre

die Gurke

die Gurke

G

der Hase

der Hase

die Hexe

die Hexe

der Hut

der Hut

H

der Igel

der Igel

der Indianer

der Indianer

die Insel

die Insel

I

J

die Jacke

die Jacke

der Jäger

der Jäger

der Juni

der Juni

K

die Katze

die Katze

das Krokodil

das Krokodil

der Kuchen

der Kuchen

L

die Lampe

die Lampe

die Leiter

die Leiter

der Löwe

der Löwe

M

die Maus

die Maus

der Mond

der Mond

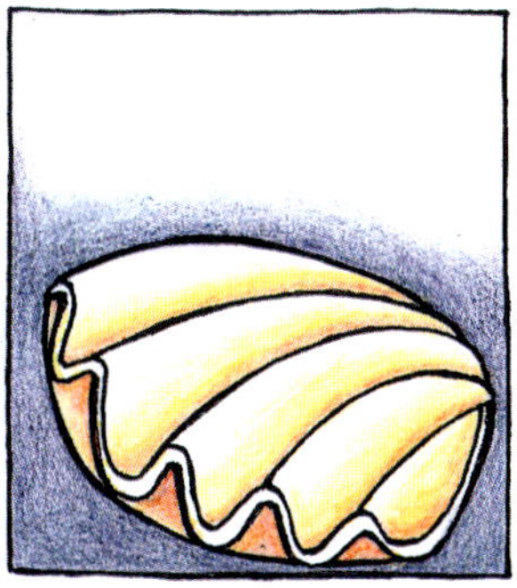

die Muschel

die Muschel

N

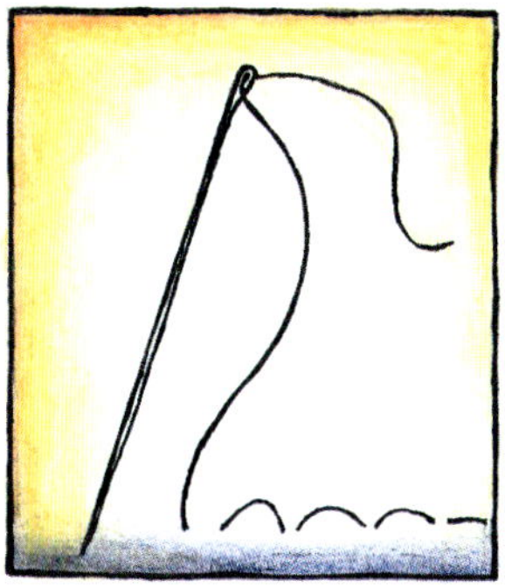

die Nadel

die Nadel

das Nest

das Nest

die Nuss

die Nuss

O

das Obst

das Obst

der Ofen

der Ofen

die Orange

die Orange

P

der Papagei

der Papagei

das Pferd

das Pferd

die Puppe

die Puppe

Qu

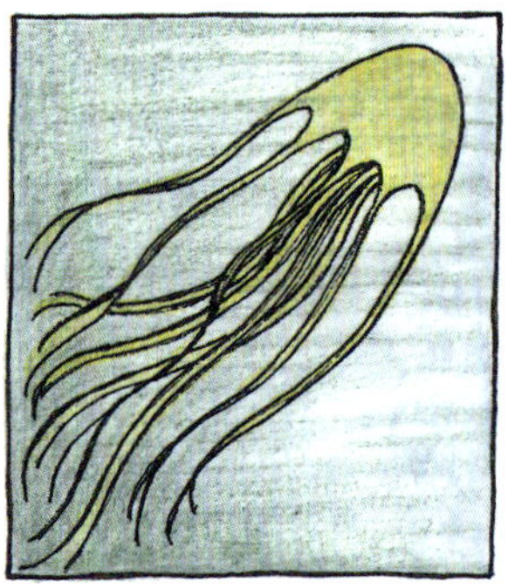

die Qualle

die Qualle

das Quartett

das Quartett

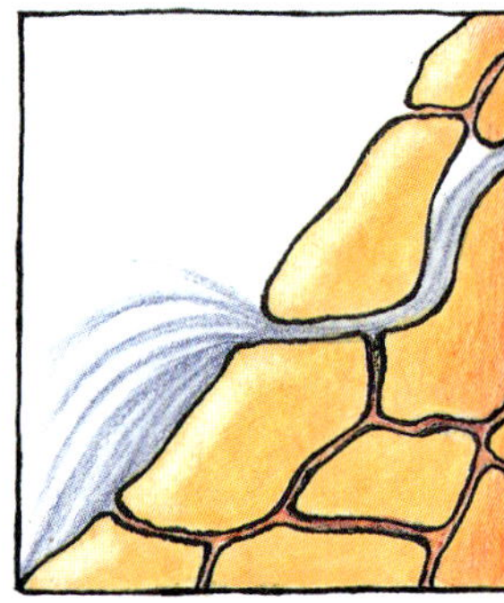

die Quelle

die Quelle

R

der Rabe

der Rabe

der Ring

der Ring

die Rose

die Rose

S

der Sack

der Sack

das Schaf

das Schaf

die Sonne

die Sonne

T

die Tasche

die Tasche

der Tiger

der Tiger

die Tür

die Tür

U

die Uhr

die Uhr

der Uhu

der Uhu

der Urwald

der Urwald

V

die Vase

die Vase

das Veilchen

das Veilchen

der Vogel

der Vogel

W

der Wald

der Wald

die Wolke

die Wolke

die Wurst

die Wurst

X

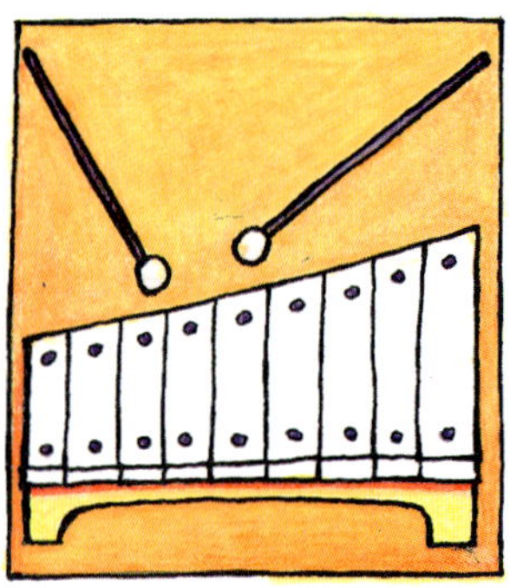

das Xylophon

das Xylophon

das Ypsilon

das Ypsilon

Y

das Zelt

das Zelt

die Zitrone

die Zitrone

der Zug

der Zug

Z

So lernst du nachschlagen

1. Welcher Buchstabe fehlt?

ABC ✳ EFGH ✳ JKL ✳ N ✳ PQ ✳ STU ✳ WX ✳ Z

Zeichne ein ABC-Band. Setze die fehlenden Buchstaben ein.

2. Welche zwei Buchstaben stehen im ABC danach?

D N H L U / e j r x a Schreib so: **D** E F, ... / **e** f g, ...

3. Welche zwei Buchstaben stehen im ABC davor?

G N K T J / c p f z w Schreib so: E F **G**, ... / a b **c**, ...

4. Wie heißen die Nachbarn?

E S J F V / n y c r b Schreib so: D **E** F, ... / m **n** o, ...

5. Ordne diese Namen nach den Anfangsbuchstaben:
Daniela, Alex, Claudia, Bernd, Frieda, Elli, Inge, Georg, Michael

6. Ordne diese Wörter nach dem ABC:
Milch, Apfel, Eis, Birne, Fleisch, Semmel, Obst, Wurst, Torte, Knödel

Eine ABC-Liste kann dir helfen:

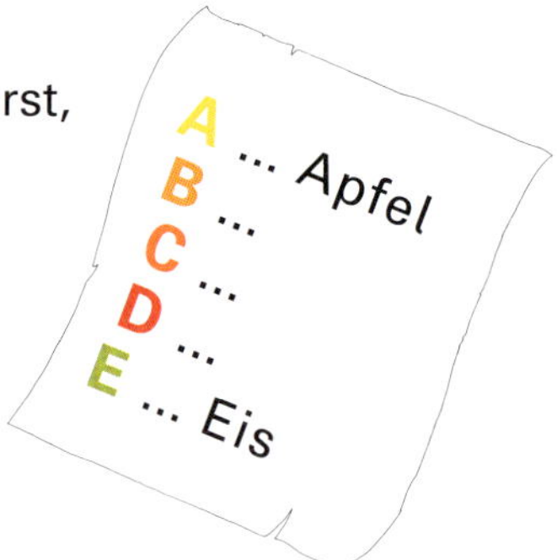

7. Benütze für die folgenden Aufgaben das kleine Wörterverzeichnis.
Auf welcher Seite stehen die Wörter, die mit **C**, **H**, **U**, **O**, **M**, **J**, **R**, **V** anfangen?
Schreib so: **C** ... Seite 16, **H** ...

8. Suche im großen Wörterverzeichnis die Namen von Tieren, die mit Ga, Fi, Da, I, El, Pf, Wa, Me anfangen.
Schreib so: Gans ... Seite 62, ...

9. Du kannst auch Wörter ordnen, die alle mit dem gleichen Buchstaben beginnen. Dabei kommt es auf den zweiten Buchstaben des Wortes an:
Obst, Ohr, Ofen, Onkel, Oma, Oktober, Ostern, Ort, Opa, Ozean.

Vielleicht legst du dir eine Liste an und schreibst die Wörter dazu:

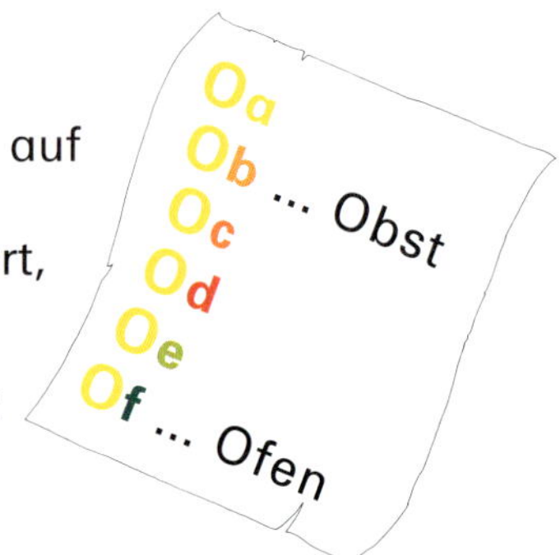

ab		ab
	der	Abend
		aber
ach		acht
Af	der	Affe
al		alle
		allein
		als
		alt
am		am
	die	Ampel
an		andere
	der	Anfang
		antworten
Ap	der	Apfel
	der	April
ar		arbeiten
		arm
	der	Arm
	der	Arzt
	die	Ärztin
As	der	Ast
au		auch
		auf
	das	Auge
	der	August
	die	Aufgabe
		aus
	der	Ausflug
	das	Auto
	der	Autobus

Ba	der	Bach
		baden
	die	Bahn
		bald
	der	Ball
	der	Bär
		bauen
	der	Bauer
	die	Bäuerin
	der	Baum
Be	das	Bein
		beißen
	der	Berg
	der	Besen
		beten
	das	Bett
Bi	die	Biene
	das	Bild
	ich	bin
	die	Birne
		bis morgen
	du	bist
		bitten
Bl	das	Blatt
		blau
		bleiben

blühen
die Blume
bluten
Bo das Boot
böse
br brauchen
braun
brechen
brennen
der Brief
bringen
das Brot
der Bruder
Bu der Bub
das Buch
die Butter

Ce der Cent
Ch der Chor
Cl der Clown
Co der Computer

Da das Dach
der Dackel
danken
dann
ich darf
De die Decke
denken
der Dezember
di dick
der Dienstag
dir Glück wünschen
Do der Donnerstag
das Dorf
dort
die Dose
Dr der Drachen
draußen
drei
du durch
dürfen
duschen

Ech das Echo
Eck die Ecke
Ei das Ei
einige
das Eis
El der Elefant
elf
die Eltern
En das Ende
endlich
die Ente

Er der Erdapfel
die Erde
Es der Esel
essen
et etwas
Eu der Euro

Fa die Fabrik
die Fahne
fahren
du fährst
fallen
du fällst
die Familie
der Fasching
fast
Fe der Februar
das Fenster
die Ferien
fernsehen
fertig
das Feuer
fi er fiel
der Finger
der Fisch
Fl die Flasche
das Fleisch
fliegen
der Fluss
fo fort
fr fragen
die Frau
der Freitag
fressen
sich freuen
der Freund
die Freundin
sie frisst
der Frühling
das Frühstück
fu er fuhr
fünf
für
der Fuß
füttern

ga er gab
die Gabel
die Gans
ganz
der Garten
ge geben
gehen
gelb
das Geld
das Gemüse

das Geschäft
das Geschenk
das Geschirr
gestern
gesund
gi er gibt
gießen
sie ging
die Gitarre
gl gleich
glücklich
Go der Gott
Gr das Gras
groß
die Großmutter
der Großvater
Gu die Gurke
gut

Ha das Haar
haben
der Hahn
er half
die Hand
der Hase
du hast
er hat
sie hatte
das Haus
He das Heft
heiß
heißen
helfen
hell
das Hemd
heraus
der Herbst
heute
die Hexe
hi hier
du hilfst
der Himmel
ho hoch
holen
das Holz
hören
die Hose
Hu der Hund
hundert
der Hut

Ig der Igel
ih ihm die Hand geben
ihn rufen
ihnen zuhören
ihr Blumen schenken

im im Wasser
immer
in in der Schule
der Indianer
die Insel
is du isst einen Apfel
sie ist

Ja die Jacke
der Jäger
die Jägerin
das Jahr
der Jänner
je jeder
jemand
jetzt
Ju der Juli
jung
der Juni

Ka der Käfer
der Kaffee
kalt
er kam
sie kann
die Karte
die Kartoffel
der Kasten
die Katze
kaufen
ke kennen
die Kerze
Ki das Kind
die Kirche
Kl die Klasse
das Kleid
klein
ko kochen
kommen
können
der Kopf
der Körper
kosten
kr krank
das Krokodil
Ku die Küche
der Kuchen
die Kuh
kurz

la lachen
die Lampe

das Land
lang
langsam
lassen
du lässt
laufen
du läufst
laut
le legen
der Lehrer
die Lehrerin
leicht
leise
die Leiter
lernen
lesen
die Leute
li lieben
das Lied
liegen
sie liest
links
lo loben
der Löffel
der Löwe
lu lustig

ma machen
das Mädchen
der Mai
malen
die Mama
manchmal
der Mann
der Mantel
die Mappe
der Markt
der März
die Maschine
die Mauer
die Maus
Me das Meer
das Mehl
mehr
das Messer
Mi die Milch
mir helfen
der Mittag
der Mittwoch
Mo der Mond
der Montag
morgen
Mu der Müll
der Mund
die Muschel
sie muss
müssen
er musste
die Mutter
die Mütze

Na	der	Nabel
		nach
		nachher
	der	Nachmittag
	die	Nacht
	die	Nadel
	der	Nagel
		nähen
	sie	nahm
	der	Name
	die	Nase
		nass
ne		nehmen
	das	Nest
		nett
		neu
		neun
ni		nicht
		nichts
		niemand
	er	nimmt
No	der	November
nu		nur
	die	Nuss

ob		oben
	das	Obst
Och	der	Ochs
Of	der	Ofen
		oft
oh		ohne
	das	Ohr
Ok	der	Oktober
On	der	Onkel
Or	die	Orange
	der	Ort
Os		Ostern
		Österreich

Pa	das	Paar
	ein	paar Kinder
	das	Paket
	der	Papa
	der	Papagei
	das	Papier
	der	Park
	die	Pause
Pf	der	Pfarrer
	das	Pferd
Pl	der	Platz
		plötzlich
Po	die	Polizei
	die	Post
Pu	die	Puppe
		putzen

qua quaken
die Qualle
das Quartett
Que die Quelle
quer

Ra der Rabe
das Rad
raten
re rechnen
rechts
reden
der Regen
regnen
reif
reiten
rennen
ri richtig
riechen
sie rief
der Ring
Ro der Rock
rodeln
rollen
die Rose
rot
Ru der Rücken
rufen
ruhig
rund

Sa der Sack
der Saft
sagen
sie sah
das Salz
der Samstag
er saß
Scha das Schaf
schauen
die Schaukel
sche schenken
Schi der Schi
schl schlafen
schlagen
schlecht
der Schlitten
das Schloss
schm schmutzig
Schn der Schnee
schneiden
schneien
schnell
das Schnitzel

Scho	die	Schokolade
		schon
		schön
schr		schreiben
		schreien
Schu	der	Schuh
	die	Schule
	der	Schüler
	die	Schülerin
schw		schwarz
		schwer
	die	Schwester
		schwimmen
se		sechs
	der	See
		sehen
		sehr
	ihr	seid
		seit einer Stunde
		selbst
	die	Semmel
	der	September
	der	Sessel
si		sicher
		sieben
	sie	sieht
	wir	sind
		singen
		sitzen
Sk	der	Ski
so		sollen
	der	Sommer
	die	Sonne
	der	Sonntag
spa		sparen
		spät
spi		spielen
spr		sprechen
		springen
Sta	die	Stadt
	ich	stand
		stark
ste		stellen
	der	Stern
sti		still
Sto	der	Stock
		stoßen
Str	die	Straße
Stu	das	Stück
	die	Stunde
su		suchen
	die	Suppe
		süß

Ta	der	Tag
	die	Tante
		tanzen
	die	Tasche
Te	das	Telefon
	der	Teller

ti		tief
	das	Tier
	der	Tiger
	der	Tisch
To	der	Topf
	das	Tor
	die	Torte
tr		tragen
		treffen
		trinken
		trocken
Tu	die	Tür
		turnen

ub		üben
		über
		überall
Uh	die	Uhr
	der	Uhu
un		uns
		unter
Ur	der	Urlaub
	der	Urwald

Va	die	Vase
	der	Vater
Ve	das	Veilchen
		vergessen
	er	vergisst
		verkaufen
	der	Verkehr
		verlieren
	er	verlor
vi		viel Gemüse
		vielleicht
		vier
Vo	der	Vogel
		voll
		vom
		von
		vor
		vorbei
	der	Vormittag

wa		wachsen
	es	wächst
	der	Wald
	die	Wand
		wandern
		wann
		warm
		warten
		warum
		waschen

	das	Wasser
We	der	Weg
		Weihnachten
		weiß
	er	weiß
		wenig
		werden
		werfen
		werken
	das	Wetter
wi		wie
		wieder
	die	Wiese
	sie	will
	der	Wind
	der	Winter
	er	wird
		wissen
Wo	die	Woche
		wohin
		wohnen
	die	Wolke
		wollen
	das	Wort
wu		wünschen
	die	Wurst

Xy das Xylophon

Yp das Ypsilon

Za	die	Zahl
		zahlen
		zählen
	der	Zahn
Ze	die	Zehe
		zehn
		zeichnen
	die	Zeit
	das	Zelt
zi		ziehen
	das	Zimmer
	der	Zirkus
	die	Zitrone
Zo	der	Zopf
zu		zu
	der	Zucker
		zuerst
	der	Zug
		zurück
		zusammen
zw		zwanzig
		zwei
	die	Zwetschke
		zwölf

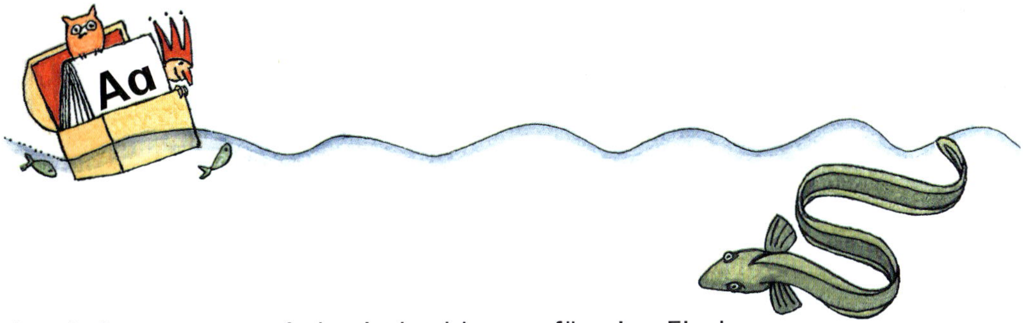

der **Aal**	Aale sind schlangenförmige Fische.
ab	ab morgen, auf und ab gehen
ab...	*Wenn du ein Wort mit* **ab-** *nicht in der alphabetischen Reihenfolge findest, mache es so: Du suchst* abfahren, *schlag nach bei* **fahren***! Du suchst* abschreiben, *schlag nach bei* **schreiben***!*
abbeißen	Sie beißt von einer Wurst ab. ➛ beißen
abbiegen	Er biegt mit dem Rad nach links ab. ➛ biegen
die **Abbildung**	Die Abbildungen im Buch haben mir gut gefallen.
abbrechen	Du brichst einen Zweig ab. ➛ brechen
das **Abc**	(= das ABC) Das Abc hat 26 Buchstaben.
der **Abend**	die Abende; heute Abend, der Heilige Abend
abends	Meine Tante liest abends immer ein Buch.
das **Abenteuer**	Abenteuer sind außergewöhnliche Erlebnisse.
aber	Ich stürzte, aber ich verletzte mich nicht.
die **Abfahrt**	schwierige Abfahrten; der Abfahrtslauf
der **Abfall**	die Abfälle (unbrauchbare Überreste) verwerten
das **Abgas**	schädliche Abgase
der **Abgrund**	(steil abfallende Schlucht), die Abgründe
der **Abhang**	steile Abhänge
abhärten	den Körper durch Sport abhärten
die **Abkürzung**	verschiedene Abkürzungen
der **Absatz**	die Absätze von Schuhen; die Absätze in Büchern
der **Abschied**	voneinander Abschied nehmen
der **Abschnitt**	eine Geschichte in Abschnitte gliedern
der **Absender**	die Absender; der Absender eines Briefes
die **Absicht**	gute Absichten; absichtlich
der **Abstand**	die Abstände zwischen den Zeilen verkleinern
abstimmen	Wir stimmten über die Sitzordnung ab.
die **Abstimmung**	geheime Abstimmungen

der	**Ab|sturz**	die Abstürze; abstürzen
das	**Ab|teil**	die Abteile des Schlafwagens
	ab|tei|len	Er teilte ein Wort ab.
die	**Ab|tei|lung**	verschiedene Abteilungen im Supermarkt
	ab|wärts	Der Weg führt steil abwärts.
	ab|wech|selnd	abwechselnd sprechen; die Abwechslung
	ab|we|send	Gestern waren drei Schüler abwesend.
die	**Ab|zwei|gung**	die richtigen Abzweigungen nehmen; abzweigen
die	**Ach|se**	Achsen tragen die Räder eines Fahrzeuges.
die	**Ach|sel**	die Achseln
	acht	acht Buben, acht Uhr, achtzehn, achtzig, achthundert, achtmal klopfen, ein achtel Liter (= ein Achtelliter), ein Achtel Wein, die Achtelnote; der Achter, der Achte; das achte Mädchen in der Reihe

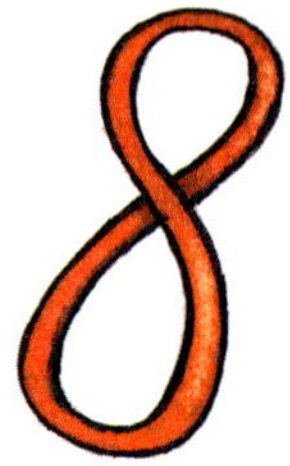

	Acht	Ich gebe Acht (= acht). Nimm dich in Acht!
	ach|ten	Er achtete nicht auf den Verkehr.
	acht|ge|ben	Ich gebe acht (= Acht).
die	**Ach|tung**	Achtung! Achtung! Hier spricht die Polizei.
der	**Acker**	große Äcker; der Ackerbau; ackern
	ad|die|ren	Sie addierte die Zahlen.
die	**Ad|di|ti|on**	schwierige Additionen
die	**Ader**	die Adern
der	**Ad|ler**	Adler sind Greifvögel.
die	**Ad|res|se**	die Adressen von Freunden aufschreiben
der	**Ad|vent**	die Advente; der Adventkalender, die Adventzeit
der	**Af|fe**	die Schreie des Affen, die Affen
	Af|ri|ka	der Afrikaner, die Afrikanerin; afrikanische Tänze
	ag|gres|siv	aggressiver, am aggressivsten; nicht aggressiv sein; die Aggression — **agg|res|siv**
	ah|nen	Er ahnte ein Unglück.
	ähn|lich	ähnlicher, am ähnlichsten; die Ähnlichkeit
die	**Ah|nung**	böse Ahnungen haben; ahnungslos
der	**Ahorn**	Ahorne sind Laubbäume.
die	**Äh|re**	viele Ähren auf dem Feld *aber:* Ehre, wem Ehre gebührt!

	Aids	(= AIDS) Aids ist eine Infektionskrankheit.

28

das **Akkordeon**	die Akkordeons Ein Akkordeon ist eine Ziehharmonika mit Klaviertasten.
der **Akku**	(= der Akkumulator), die Akkus In einem Akku wird Strom gespeichert.
der **Akrobat**	die Kunststücke des Akrobaten, die Akrobaten
die **Akrobatin**	die Akrobatinnen
der **Alarm**	Die Glocken läuten Alarm.
alarmieren	Sie alarmierten die Feuerwehr.
das **Album**	viele Alben mit Fotos
die **Alge**	Algen sind Wasserpflanzen.
der **Alkohol**	die Alkohole; alkoholfreies Bier, alkoholische Getränke
alle	Grüße an alle Kinder der Klasse senden
die **Allee**	breite Alleen; hohe Alleebäume
allein	Ich bin nicht gern allein.
Allerheiligen	zu Allerheiligen auf den Friedhof gehen
Allerseelen	der Allerseelentag
alles	Ich wünsche dir alles Gute! Er denkt an alles.
die **Alm**	die Almen; der Almabtrieb, die Almhütte
die **Alpen**	Die Alpen sind ein hohes, langes Gebirge.
das **Alphabet**	das Alphabet aufsagen
als	Der Turm ist höher als das Haus. Als ich nach Hause ging, war es schon dunkel.
also	Du weißt also nichts davon?
alt	älter, am ältesten; alte Spielsachen
der **Altar**	die Altäre
das **Alter**	Das Alter der Pferde sieht man an ihren Zähnen.
das **Altpapier**	das Altpapier sammeln
die **Alufolie**	die Alufolien; Butterbrote in Alufolie einwickeln
am	am 1. Dezember, am Dienstag, am Abend Du arbeitest am Computer. Sie singt am besten.
die **Ameise**	fleißige Ameisen; der Ameisenhaufen
amen	In Ewigkeit, amen! Amen (= amen) sagen
Amerika	der Amerikaner, die Amerikanerin; amerikanische Autos
die **Ampel**	Die Ampeln schalten auf Rot.
die **Amsel**	Alle Amseln sind Singvögel.
das **Amt**	die Ämter; eine amtliche Vorladung

an — an der Donau, von jetzt an

an... — *Wenn du ein Wort mit* **an-** *nicht in der alphabetischen Reihenfolge findest, mache es so:*
Du suchst ankommen,
schlag nach bei **kommen***!*
Du suchst anschauen,
schlag nach bei **schauen***!*

die **Ana|nas** — viele saftige Ananas

das **An|den|ken** — einige Andenken sammeln
Den Ring schenke ich dir als Andenken.
an|de|re — der andere, einer nach dem anderen, etwas anderes
än|dern — Er änderte seine Meinung.
die **Än|de|rung** — einige Änderungen
an|ders — Gestern redete er ganz anders als heute.
der **An|fang** — die Anfänge; der Anfänger, die Anfängerin
an|fan|gen — Eva fängt mit der Aufgabe an. ➛ fangen
an|fangs — anfangs der Woche

das **An|füh|rungs|zei|chen** — Direkte Reden stehen immer unter Anführungszeichen.
die **An|gel** — die Angeln; der Angler, die Anglerin; der Angelhaken
an|geln — ich angle, du angelst, er angelte
an|ge|nehm — angenehmer, am angenehmsten
der **An|ge|stell|te** — das Büro des Angestellten, die Angestellten
die **An|ge|stell|te** — die Angestellten
der **An|griff** — heftige Angriffe
angst — Uns ist angst und bange.
die **Angst** — große Ängste haben
ängst|lich — ängstlicher, am ängstlichsten
der **An|ker** — eiserne Anker
der **An|lass** — festliche Anlässe
der **Ano|rak** — warme Anoraks
der **An|ruf** — die Anrufe; der Anrufer, die Anruferin
an|ru|fen — Ich rufe dich an. ➛ rufen
die **An|schrift** — Anschriften auf Postkarten schreiben
die **An|sicht** — andere Ansichten haben; die Ansichtskarte
an|stän|dig — anständiger, am anständigsten
an|statt — Daniela tratscht, anstatt aufzupassen.
an|stren|gen — Wir strengten uns an. Die Arbeit ist anstrengend.
die Anstrengung

die **An|ten|ne**	Antennen helfen beim Senden und Empfangen, zum Beispiel beim Handy.	
ant|wor|ten	ich antwortete; die Antwort	
an|we|send	in der Schule anwesend sein; die Anwesenheit	
die **An|zahl**	eine große Anzahl von Menschen	
an|zie|hen	Ich ziehe nur Hosen an. ➛ ziehen	
der **An|zug**	Peter kauft sich immer die modernsten Anzüge.	
an|zün|den	Silvia zündete eine Kerze an.	
der **Ap|fel**	rote Äpfel; der Apfelstrudel, der Apfelbaum	
der **Apos|tel**	Die Apostel begleiteten Jesus.	
die **Apo|the|ke**	die Apotheken; der Apotheker, die Apothekerin	
der **Ap|pa|rat**	die Apparate	
der **Ap|pe|tit**	mit Appetit essen; appetitlich	
ap|plau|die|ren	Die Zuschauer applaudierten der Sängerin.	**app|lau|die|ren**
der **Ap|plaus**	Die Schauspieler bekamen viel Applaus.	**App|laus**
der **Ap|ril**	die schönsten Tage des April (= des Aprils), ein Aprilscherz	
das **Aqua|ri|um**	die Aquarien reinigen	

die **Ar|beit**	die Arbeiten; der Arbeiter, die Arbeiterin
ar|bei|ten	Früher arbeiteten die Frauen meist zu Hause.
der **Ar|chi|tekt**	die Zeichnung des Architekten Die Architekten zeichnen Baupläne.
die **Ar|chi|tek|tin**	die Architektinnen
der **Är|ger**	Sein Ärger war groß.
är|gern	Ich ärgere mich. Er ärgerte die Lehrerin.
arm	ärmer, am ärmsten; die Armut
der **Arm**	beide Arme; die Armbanduhr
der **Är|mel**	die Ärmel der Bluse
die **Art**	Wie viele Arten von Käfern kennst du?
der **Ar|ti|kel**	die Artikel „der“, „die“, „das“
der **Ar|tist**	die Kunststücke des Artisten, die Artisten
die **Ar|tis|tin**	die Artistinnen
der **Arzt**	die Ärzte; ärztliche Hilfe
die **Ärz|tin**	die Ärztinnen
die **Asche**	der Aschenbecher, der Aschermittwoch
Asi|en	der Asiate, die Asiatin; asiatische Speisen
sie **aß**	Julia aß in den Ferien oft Himbeereis. ➛ essen
der **Ast**	kahle Äste

der **As|tro|naut** — der Flug des Astronauten, die Astronauten

die **As|tro|nau|tin** — die Astronautinnen

der **Atem** — tief Atem holen; atemlos sein

der **At|las** — die Atlanten (= die Atlasse) Im Atlas findest du viele Landkarten.

at|men — Im Wald atmeten wir gute Luft.

das **Atom** — Atome sind winzige, unsichtbare Teilchen. gegen Atomkraftwerke protestieren

das **At|ten|tat** — die Attentate; der Attentäter, die Attentäterin Bei Attentaten werden oft viele Menschen verletzt.

die **Au** — feuchte Auen; die Aulandschaft

auch — Gehst du auch so gerne ins Theater wie ich?

auf — auf den Turm steigen; auf einmal

auf... — *Wenn du ein Wort mit* **auf-** *nicht in der alphabetischen Reihenfolge findest, mache es so: Du suchst* aufdrehen, *schlag nach bei* **drehen***! Du suchst* aufwecken, *schlag nach bei* **wecken***!*

auf|fal|lend — auffallender, am auffallendsten; eine auffallende Ähnlichkeit

auf|füh|ren — Unsere Freunde führten ein Theaterstück auf.

die **Auf|füh|rung** — die Aufführungen

die **Auf|ga|be** — schwierige Aufgaben; das Aufgabenheft

der **Auf|kle|ber** — Kerstin hat viele bunte Aufkleber auf ihrer Schultasche.

auf|merk|sam — aufmerksamer, am aufmerksamsten; die Aufmerksamkeit

auf|recht — aufrecht sitzen

auf|re|gen — Leo regte sich über den Unfall auf. Ich bin so aufgeregt! Das ist eine aufregende Geschichte!

auf|rich|tig — (ehrlich); die Aufrichtigkeit

der **Auf|satz** — Wer von euch schreibt spannende Aufsätze?

der **Auf|trag** — wichtige Aufträge ausführen

auf|wärts — aufwärtsgehen

der **Auf|zug** — die Aufzüge

das **Au|ge** — zwei Augen; der Augenblick, die Augengläser

der **Au|gust** — die warmen Tage des August (= des Augusts)

aus — aus dem Haus gehen; von mir aus

aus... *Wenn du ein Wort mit* **aus-** *nicht in der alpha- Reihenfolge findest, mache es so:*
Du suchst ausgehen, *schlag nach bei* **gehen**!
Du suchst austeilen, *schlag nach bei* **teilen**!

die **Aus|dau|er** — mit Ausdauer trainieren; ausdauernd
der **Aus|flug** — schöne Ausflüge
der **Aus|gang** — die Ausgänge öffnen
aus|ge|las|sen — Bei der Party waren alle in ausgelassener Stimmung.
aus|gie|big — Das Essen war sehr ausgiebig (reichlich).
die **Aus|kunft** — einem Fremden Auskünfte geben
die **Aus|la|ge** — Schuhe in den Auslagen anschauen
das **Aus|land** — der Ausländer, die Ausländerin; ausländisch
die **Aus|nah|me** — keine Ausnahmen machen; ausnahmsweise
der **Aus|puff** — die Auspuffe; das Auspuffgas des Autos
aus|ren|ken — Julia renkte sich die Schulter aus.
aus|rot|ten — Immer mehr Tierarten werden leider ausgerottet.
der **Aus|schlag** — juckende Ausschläge
aus|se|hen — Lukas sieht gut aus. ➛ sehen
au|ßen — außen und innen
au|ßer — außer Haus sein, außer Betrieb; außerhalb
Außer mir ist niemand da.
die **Aus|sicht** — gute Aussichten; der Aussichtsturm
aus|stel|len — Wir stellten Bilder aus.
die **Aus|stel|lung** — viele Ausstellungen besuchen
Aus|tra|li|en — der Australier, die Australierin; australische Kängurus — **Aust|ra|li|en**

Aus|tria — „Made in Austria“ bedeutet: In Österreich hergestellt. — **Aust|ria**

die **Aus|wahl** — die richtige Auswahl treffen
aus|wärts — auswärts übernachten
der **Aus|weg** — verschiedene Auswege finden
der **Aus|weis** — gültige Ausweise herzeigen
aus|wen|dig — ein Gedicht auswendig lernen
das **Au|to** — neue Autos; Auto fahren; die Autobahn
der **Au|to|bus** — die Autobusse
das **Au|to|gramm** — Autogramme sind Unterschriften von berühmten Personen.
der **Au|to|mat** — der Münzeinwurf des Automaten, die Automaten; automatische Waschanlagen
die **Axt** — scharfe Äxte

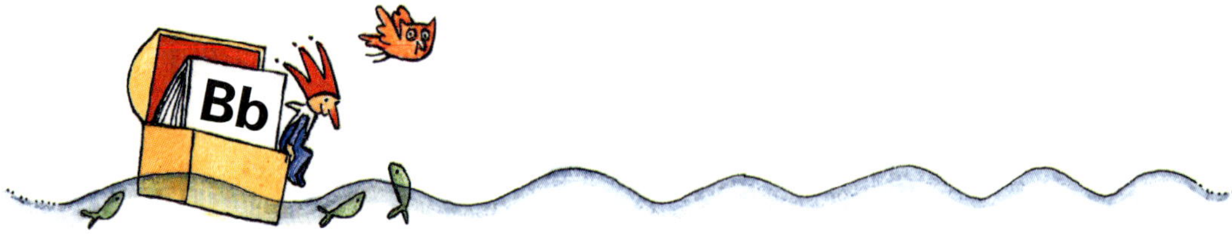

das **Ba|by** die Flasche des Babys, liebe Babys
der **Bach** saubere Bäche; das Bachbett
die **Ba|cke** beide Backen; der Backenzahn

ba|cken Ich backe Brot. Du bäckst (= backst) Kuchen.
Er backte Semmeln.
Sie hat Kekse gebacken.
der Bäcker, die Bäckerin, die Bäckerei,
das Backhendl, das Backpulver

du **bäckst** Du bäckst (= backst) eine Geburtstagstorte. ➝ backen
das **Bad** die Bäder; der Badeanzug, die Badehose, das Badetuch
ba|den Florian badete in warmem Wasser.
der **Bag|ger** die Bagger; baggern
die **Bahn** die Bahnen; der Bahnhof, der Bahnschranken, der Bahnsteig
ba|lan|cie|ren Der Artist balancierte auf einem Seil.
bald Komm bald nach Hause!
der **Bal|ken** dicke Balken aus Holz
der **Bal|kon** die Balkone

der **Ball** einen Ball fangen, Bälle weit werfen
auf dem Ball tanzen,
viele Bälle besuchen

das **Bal|lett** die Ballette; Ballett tanzen; der Balletttänzer, die Balletttänzerin
der **Bal|lon** bunte Ballone (= bunte Ballons)
die **Ba|na|ne** reife Bananen
sie **band** Karin band eine Schleife in ihr Haar. ➝ binden

das **Band** das bunte Band
Die bunten Bänder flatterten im Wind.
der **Band** der dicke Band,
die dicken Bände
die **Ban|de** Gefährliche Banden hielten sich im Wald auf.

bän|di|gen Der Zirkusdirektor bändigte die wilden Tiere.

die **Bank** eine Bank aus Holz, die Bänke; die Banklehne
die **Bank** eine große Bank, die Banken; der Banküberfall

der **Bär** die Höhle des Bären, die Bären; das Bärenfell
bar|fuß im Gras barfuß gehen
der **Bart** lange Bärte; ein bärtiger Mann
das **Bas|sin** große Bassins
bas|teln ich bastle, du bastelst, er bastelte; der Bastler, die Bastlerin
sie **bat** Julia bat um ein Glas Milch. → bitten
die **Bat|te|rie** Batterien für Taschenlampen

der **Bau** der alte Bau, die Bauten; die Baustelle
der **Bau** der Bau eines Fuchses, die Baue; der Fuchsbau

der **Bauch** die Bäuche
bau|en Kinder bauten eine Sandburg.
der **Bau|er** der Traktor des Bauern, die Bauern; das Bauernhaus, der Bauernhof
die **Bäu|e|rin** die Bäuerinnen
der **Baum** die Bäume; die Baumkrone, der Baumstamm

be... *Wenn du ein Wort mit* **be-** *nicht in der alphabetischen Reihenfolge findest, mache es so:*
Du suchst bedienen, *schlag nach bei* **dienen**!
Du suchst befahren, *schlag nach bei* **fahren**!

der **Bea|mer** Die neuesten Beamer stehen in der Auslage.
der **Be|am|te** das Büro des Beamten, die Beamten
die **Be|am|tin** die Beamtinnen
be|auf|sich|ti|gen Der Erzieher beaufsichtigte die Kinder.
der **Be|cher** die Becher aus Plastik

das **Be|cken** die Becken; das Schwimmbecken, das Planschbecken; eine Turnübung für das Becken

35

	be|dau|ern	ich bedauere, er bedauerte; ein bedauerlicher Irrtum
	be|deu|ten	Was bedeutete dieses Zeichen? ein bedeutender Künstler; die Bedeutung
	be|ei|len	Wir beeilten uns auf dem Heimweg.
	be|en|den	Der Mann beendete das Gespräch.
die	**Be|er|di|gung**	die Beerdigungen am Friedhof; beerdigen
die	**Bee|re**	rote Beeren Isst du lieber Himbeeren oder Brombeeren?

das	**Beet**	Im Garten sind Beete mit Blumen und Gemüse.
ich	**be|fahl**	Ich befahl meinem Hund still zu sein. ➛ befehlen
der	**Be|fehl**	die Befehle ausführen
	be|feh|len	du befiehlst, er befahl, wir haben befohlen
er	**be|fiehlt**	Der König befiehlt den Drachen zu töten. ➛ befehlen
	be|flag|gen	Am Feiertag beflaggten alle ihre Häuser.
	be|foh|len	Der König hat befohlen, einen Prinzen zu suchen. ➛ befehlen
	be|frei|en	Der Hund befreite den Mann aus der Lawine. die Befreiung
	be|frie|di|gend	eine befriedigende Arbeit
das	**Be|frie|di|gend**	die Note Befriedigend bekommen
	be|gabt	begabter, am begabtesten; die Begabung
sie	**be|gann**	Sie begann zu schreiben. ➛ beginnen
	be|geg|nen	Er begegnete einem Freund auf dem Schulweg. die Begegnung
	be|gin|nen	du beginnst, er begann, sie hat begonnen; der Beginn
	be|glei|ten	Ich begleitete meinen Freund nach Hause. der Begleiter, die Begleiterin, die Begleitung
	be|gon|nen	Die Party hat schon begonnen. ➛ beginnen
das	**Be|gräb|nis**	die Begräbnisse
	be|grei|fen	du begreifst, sie begriff, wir haben begriffen
der	**Be|griff**	verschiedene Begriffe erklären
er	**be|griff**	Patrick begriff die Hausübung nicht. ➛ begreifen
der	**Be|häl|ter**	Die Behälter sind voll mit Müll.
die	**Be|hand|lung**	Der Arzt verschrieb Behandlungen mit Umschlägen.
	be|hin|dert	behindert sein; der Behinderte, die Behinderte
	bei	bei uns daheim, bei der Haltestelle
die	**Beich|te**	die Beichten; zur Beichte gehen; der Beichtstuhl
	beich|ten	Er beichtete seine Sünden.
	bei|de	beide Beine, die beiden, wir beide, alle beide, beides

das	**Beil**	scharfe Beile 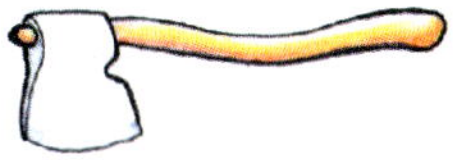
	beim	beim Schreiben; beim Ausgang warten
das	**Bein**	die Beine ausstrecken
	bei|sam|men	bald wieder beisammen sein
das	**Bei|spiel**	die Beispiele
	bei|ßen	du beißt, er biss, ihr habt gebissen; der Beißkorb
der	**Bei|strich**	die Beistriche
	be|ja|hen	Thomas bejahte die Frage seines Freundes.
er	**be|kam**	Uli bekam viele Geschenke. ➛ bekommen
	be|kannt	bekannter, am bekanntesten; ein bekannter Film; der Bekannte, die Bekannte; die Bekanntschaft
die	**Be|klei|dung**	die Bekleidungen
	be|kom|men	du bekommst, sie bekam, ihr habt bekommen
	be|läs|ti|gen	Die Gelsen belästigten die Badegäste. die Belästigung
	be|lei|di|gen	Er beleidigte mich.
die	**Be|lei|di|gung**	Seine Beleidigungen kränkten mich.
die	**Be|leuch|tung**	die Beleuchtungen
	Bel|gi|en	der Belgier, die Belgierin; belgische Schokolade
	be|liebt	beliebter, am beliebtesten; ein beliebter Filmstar
	bel|len	Die Hunde bellten laut.
sich	**be|mü|hen**	Georg bemühte sich sehr bei der Hausübung.
sich	**be|neh|men**	du benimmst dich, er benahm sich, ihr habt euch benommen
	be|nom|men	Ihr habt euch sehr gut benommen. ➛ benehmen
das	**Ben|zin**	an der Tankstelle Benzin tanken
	be|ob|ach|ten	Martin beobachtete ein Tier. die Beobachtung
	be|quem	bequemer, am bequemsten; die Bequemlichkeit
	be|reu|en	Das Mädchen bereute ihren Fehler.
der	**Berg**	die Berge; der Berggipfel, der Bergsteiger, die Bergsteigerin
	be|rich|ten	Eva berichtete von einer Reise. der Bericht
der	**Be|ruf**	verschiedene Berufe; berufstätige Menschen
	be|rühmt	berühmter, am berühmtesten; berühmte Sänger
	be|schei|den	bescheidener, am bescheidensten; die Bescheidenheit
die	**Be|sche|rung**	die Bescherungen; die Weihnachtsbescherung
	be|schleu|ni|gen	Er beschleunigte das Tempo. die Beschleunigung
	be|schwe|ren	Karin beschwerte sich bei der Lehrerin.
der	**Be|sen**	die Besen; der Besenstiel

	be|sich|ti|gen	Wir besichtigten eine Burg. die Besichtigung
der	**Be|sitz**	große Besitze; der Besitzer, die Besitzerin
	be|son|de|re	ein besonderes Erlebnis; nichts Besonderes
	be|son|ders	besonders gut singen können
	be|sor|gen	Oliver besorgte ein Heft.
	be|sorgt	Die Mutter war um das kranke Kind besorgt.
	bes|ser	etwas besser können; nichts Besseres ➛ gut
	bes|sern	Das Wetter besserte sich. Baldige Besserung!
die	**Be|stä|ti|gung**	ärztliche Bestätigungen; bestätigen
	bes|te	Fritz turnt am besten. Er ist der Beste unserer Klasse. ➛ gut
das	**Be|steck**	die Bestecke
	be|stel|len	Der Vater bestellte ein Buch. die Bestellung
	be|stimmt	Ich komme bestimmt! Klaus will eine bestimmte Hose haben.
der	**Be|such**	die Besuche; der Besucher, die Besucherin; die Besuchszeit
	be|ten	Sie beteten in der Kirche.
der	**Be|ton**	die Betone (= die Betons); einen Weg betonieren
	be|trach|ten	Ich betrachtete das Bild.
der	**Be|trag**	große Beträge an Geld
der	**Be|trieb**	die Betriebe Mein Vater arbeitet in einem großen Betrieb. Der Aufzug ist nicht in Betrieb.
er	**be|trog**	Leider betrog mich ein Freund beim Spielen. ➛ betrügen
der	**Be|trug**	der Betrüger, die Betrügerin
	be|trü|gen	du betrügst, er betrog, wir haben betrogen
das	**Bett**	in weichen Betten schlafen; die Bettdecke, die Bettwäsche
	bet|teln	ich bettle, du bettelst, er bettelte; der Bettler, die Bettlerin
die	**Beu|le**	schmerzhafte Beulen
die	**Beu|te**	Die Räuber teilen sich die Beute.
der	**Beu|tel**	die Beutel mit den Turnschuhen; das Beuteltier
die	**Be|völ|ke|rung**	die österreichische Bevölkerung
	be|vor	Inge kam heim, bevor es zu regnen begonnen hatte.
	be|we|gen	Er bewegte seinen Arm. Wir bewegen uns gern. beweglich; die Bewegung
der	**Be|weis**	gültige Beweise

	be|weis|en	du beweist, er bewies, sie haben bewiesen
er	**be|wies**	Patrick bewies Karin das Gegenteil. ➛ beweisen
	be|wil|li|gen	Die Beamtin bewilligte das Ansuchen. die Bewilligung
	be|wölkt	bewölkter, am bewölktesten; die Bewölkung
	be|wusst	Ich bin mir keiner Schuld bewusst. bewusstlos; das Bewusstsein
der	**Be|zirk**	die Bezirke; das Bezirksgericht
die	**Bi|bel**	alte Bibeln
der	**Bi|ber**	Die Biber sind Nagetiere.
die	**Bib|lio|thek**	große Bibliotheken **Bi|blio|thek**
	bie|gen	du biegst, er bog, ihr habt gebogen; die Biegung
die	**Bie|ne**	die Bienen; der Bienenschwarm, der Bienenstock
das	**Bier**	die Biere; die Bierflasche
der	**Bi|ki|ni**	Viele Mädchen tragen beim Schwimmen Bikinis.
das	**Bild**	schöne Bilder; das Bilderbuch, der Bildschirm
	bil|den	Wir bildeten einen Kreis. sich bilden; die Bildung
	bil|lig	billiger, am billigsten; billig einkaufen
ich	**bin**	Manchmal bin ich traurig, manchmal bin ich fröhlich. ➛ sein
	bin|den	du bindest, er band, sie hat gebunden
die	**Bir|ke**	Die Birken sind Laubbäume.
die	**Bir|ne**	saftige Birnen; der Birnbaum
	bis	bis zum Bahnhof gehen; bis morgen warten
der	**Bi|schof**	die Bischöfe; die Bischofsmütze
die	**Bis|kot|te**	Sabine isst gerne Biskotten.
der	**Biss**	die Bisse; bissige Hunde
sie	**biss**	Julia biss in einen Apfel. ➛ beißen
	biss|chen	ein bisschen Geduld haben
der	**Bis|sen**	einige Bissen Brot
du	**bist**	Du bist sehr nett! Martin, wie alt bist du? ➛ sein
	bit|ten	du bittest, sie baten, wir haben gebeten; die Bitte
	bit|ter	bitterer, am bittersten; bittere Tränen
	bla|sen	du bläst, sie blies, wir haben geblasen; die Blase
	blass	blasser, am blassesten; blasse Wangen
er	**bläst**	Hugo bläst Trompete. ➛ blasen
das	**Blatt**	Im Herbst fallen die Blätter von den Bäumen. ein Blatt Papier

	blät|tern	Er blätterte in einem Buch.
	blau	der blaue Himmel; das Blaulicht
das	**Blech**	die Bleche; das Blechdach
das	**Blei**	zu Silvester Blei gießen
	blei|ben	du bleibst, er blieb, sie ist geblieben
der	**Blei|stift**	die Bleistifte
	blen|den	Die Sonne blendete den Autofahrer.
der	**Blick**	die Blicke; blicken
er	**blieb**	Lukas blieb bis zum Abend im Garten. ➛ bleiben
er	**blies**	Der Wind blies stark. ➛ blasen
	blind	blinde Menschen; der Blinde, die Blinde; der Blindenhund
der	**Blind|darm**	die Blinddarmentzündung
	blin|ken	Die Ampel blinkte grün. der Blinker, das Blinklicht
der	**Blitz**	die Blitze; der Blitzableiter; blitzen
der	**Block**	die Blöcke; die Blockflöte, das Blockhaus, der Schreibblock, der Häuserblock
	blöd	blöder, am blödesten; der Blödsinn
	blö|ken	Die Schafe blökten laut. ein blökendes Schaf
	blond	blondes Haar
	bloß	mit bloßen Füßen gehen; bloßfüßig laufen
die	**Blue|jeans**	(= die Blue Jeans), die Jeans
	blü|hen	Im Garten blühten die Obstbäume. blühende Sträucher
die	**Blu|me**	die Blumen; das Blumenbeet, die Blumenvase
die	**Blu|se**	Meine Mutter trägt gern rote Blusen.
das	**Blut**	Blut spenden; der Blutspender, die Blutspenderin; eine blutige Wunde
die	**Blü|te**	gelbe Blüten
	blu|ten	Die Wunde blutete stark.
der	**Bob**	Die Kinder fahren mit Bobs auf der Piste.
der	**Bock**	die Böcke; das Bockspringen; ein bockiges Schaf
der	**Bo|den**	die Böden reinigen
er	**bog**	Der Baum bog sich im Wind. ➛ biegen
der	**Bo|gen**	die Bögen (= die Bogen); mit Pfeil und Bogen; der Regenbogen; ein Bogen Geschenkpapier
die	**Boh|ne**	grüne Bohnen; die Bohnenstange

boh|ren Er bohrte ein Loch in die Wand.
der Bohrer, der Bohrturm

bom|bar|die|ren Die Soldaten bombardierten die Stadt.

die **Bom|be** die Bomben

das **Bon|bon** süße Bonbons

das **Boot** die Boote; Boot fahren

bor|gen Ich borgte meinem Bruder einige Buntstifte.

die **Bör|se** die Börsen; die Geldbörse

die **Bors|te** die Borsten; der Borstenpinsel

bö|se böser, am bösesten; bösartig; etwas Böses

Bos|ni|en der Bosnier, die Bosnierin; bosnische Kinder

der **Bo|te** die Nachricht des Boten, die Boten

die **Bo|tin** die Botinnen

bo|xen du boxt, er boxte; der Boxer

sie **brach** Karin brach sich ein Bein. ➝ brechen

sie **brach|te** Die Mutter brachte Moni in den Kindergarten. ➝ bringen

der **Brand** die Brände; die Brandwunde

er **brann|te** Der Wald brannte.
Die Sonne brannte vom Himmel. ➝ brennen

bra|ten du brätst, er briet, wir haben gebraten;
die Bratpfanne, die Bratwurst

du **brätst** Du brätst ein Stück Fleisch. ➝ braten

der **Brauch** die Bräuche

brau|chen Sie brauchte Hilfe.

braun braune Mäntel; der Braunbär

bräu|nen Elli bräunte sich in der Sonne.

brau|sen Der Wind brauste. Tom brauste (sich) kalt.
die Brause

die **Braut** die Bräute; das Brautpaar

der **Bräu|ti|gam** die Bräutigame

brav braver, am bravsten; ein braver Bub

bra|vo Das hast du gut gemacht, bravo!

bre|chen du brichst, sie brach, er hat gebrochen;
sich ein Bein brechen

Bre|genz Bregenz ist die Landeshauptstadt von Vorarlberg.
der Bregenzer, die Bregenzerin;
die Bregenzer Festspiele

der **Brei** die Breie; Babys mit Brei füttern

breit breiter, am breitesten; die Breite

die **Brem|se** die Bremsen eines Fahrzeuges;
die Bremsspur
Bremsen sind Insekten.

brem|sen Er bremste sein Fahrrad an der Kreuzung.
bren|nen es brennt, es brannte, es hat gebrannt
die **Brenn|nes|sel** die Brennnesseln
das **Brett** lange Bretter; das Brettspiel
das **Bre|zel** (= die Brezel), knusprige Brezeln essen
er **bricht** Hans bricht sich die Hand. ➛ brechen
der **Brief** die Briefe; der Briefkasten, die Briefmarke, das Briefpapier, der Briefträger, die Briefträgerin
sie **briet** Vorgestern briet Ursula Erdäpfel. ➛ braten
die **Bril|le** Susi kann ohne ihre Brille nicht gut lesen.
brin|gen du bringst, er brachte, ihr habt gebracht
bro|cken Wir brockten Beeren im Wald.
der **Bro|cken** die Brocken; der Felsbrocken
bro|deln Auf dem Herd brodelte die heiße Suppe im Topf.
das **Brö|sel** die Brösel (= die Bröseln)
das **Brot** die Brote; der Brotlaib

der **Bruch** die Brüche; die Bruchzahl; bruchrechnen; ein schmerzhafter Armbruch

die **Brü|cke** neue Brücken
der **Bru|der** die Brüder; brüderlich teilen
brül|len Der Löwe brüllte im Käfig.
brum|men Der Bär brummte.
der **Brun|nen** tiefe Brunnen; das Brunnenwasser
die **Brust** die Brüste; brustschwimmen
bru|tal ein brutaler Verbrecher; die Brutalität
brü|ten Die Hennen brüteten. die Bruthenne, der Brutkasten
der **Bub** das Fahrrad des Buben, die Buben
das **Buch** die Bücher; die Bücherei, die Buchhandlung
die **Bu|che** Buchen sind Laubbäume.
bu|chen Wir buchten einen Flug nach Amerika.
der **Buch|sta|be** die Buchstaben im Setzkasten; buchstabieren
der **Bu|ckel** die Buckel. Die Katze machte einen Buckel.
sich **bü|cken** Oliver bückte sich und hob die Münze auf.
bü|geln ich bügle, du bügelst, er bügelte; das Bügeleisen
die **Büh|ne** die Bühnen
bum|meln ich bummle, du bummelst, sie bummelte; der Bummel
die **Bun|des|hym|ne** die Bundeshymnen verschiedener Länder singen

das	**Bun|des|land**	die neun Bundesländer Österreichs
der	**Bun|des|prä|si|dent**	die Rede des Bundespräsidenten, die Bundespräsidenten
die	**Bun|des|prä|si|den|tin**	die Bundespräsidentinnen
	bunt	bunter, am buntesten; der Buntstift
die	**Burg**	alte Burgen
das	**Bur|gen|land**	der Burgenländer, die Burgenländerin; burgenländische Kinder
der	**Bür|ger**	die Bürger; der Bürgermeister, die Bürgermeisterin
die	**Bür|ge|rin**	die Bürgerinnen
das	**Bü|ro**	moderne Büros
die	**Bürs|te**	die Bürsten; bürsten
der	**Bus**	die Busse
	bü|ßen	du büßt, er büßte; die Buße, der Bußtag
die	**But|te**	die Butten mit Weintrauben
die	**But|ter**	das Butterbrot

Schreib **c** *- sprich* **k:** campen, Camping, Clown, Comics, Computer, Cousin, Cousine, Cowboy, Creme, Cola *Schreib* **ch** *- sprich* **k:** Chemie, China, Chor, Christ, Christin, Christus *Schreib* **ch** *- sprich* **sch:** Chef, Chefin, Chauffeur, Chauffeurin *Schreib* **ch** *- sprich* **tsch:** Chips *Schreib* **c** *- sprich* **ts:** Cent

	cam|pen	Wir campten an einem See.
das	**Cam|ping**	der Campingplatz
die	**CD**	(= die Compactdisc = die Compact Disc), neue CDs hören
der	**CD-Play|er**	die CD-Player
die	**CD-ROM**	Auf CD-ROMs sind viele Daten gespeichert.
	Cel|si|us	Das Wasser kocht bei 100 Grad Celsius.
der	**Cent**	einzelne Cents; eine Semmel um 40 Cent
der	**Chauf|feur**	die Chauffeure
die	**Chauf|feu|rin**	die Chauffeurinnen
der	**Chef**	die Chefs; der Chefarzt
die	**Che|fin**	die Chefinnen; die Firmenchefin
die	**Che|mie**	die Chemiestunde; der Chemiker, die Chemikerin
	che|misch	die chemische Reinigung
	Chi|na	der Chinese, die Chinesin; chinesische Speisen
die	**Chips**	knusprige Chips essen
der	**Chor**	die Chöre; im Chor singen; der Chorgesang
der	**Christ**	der Glaube des Christen, die Christen; der Christbaum, das Christkind; christlich
die	**Chris|tin**	die Christinnen
	Chris|tus	500 Jahre vor Christus, 500 Jahre nach Christus
die	**Ci|ty**	die Citys; in die City (Innenstadt) fahren
der	**Clown**	lustige Clowns im Zirkus
das	**Co|la**	die Cola
der	**Co|mic**	(= das Comic), bunte Comics zeichnen
der	**Com|pu|ter**	die Computer; die Computerdaten
der	**Cou|sin**	die Cousins
die	**Cou|si|ne**	(= die Kusine), die Cousinen
der	**Cow|boy**	die Cowboys
die	**Cre|me**	(= die Krem, die Kreme), süße Cremen; die Cremeschnitte

da Bist du da? Da bin ich! Wir werden da sein.

da... *Wenn du ein Wort mit* **da-** *nicht in der alphabetischen Reihenfolge findest, mache es so:*
Du suchst dableiben, *schlag nach bei* **bleiben***!*
Du suchst dadurch, *schlag nach bei* **durch***!*

da|bei Ich bin dabei gewesen.
das **Dach** die Dächer; der Dachboden, die Dachrinne

der **Dachs** die Dachse

er **dach|te** Lukas dachte lange nach. ➛ denken
der **Da|ckel** die Dackel
da|ge|gen nichts dagegenhaben
da|heim Axel bleibt in den Ferien daheim.
da|mals Ich konnte damals noch nicht lesen.
die **Da|me** die Damen
däm|mern es dämmerte; dämmerig; die Dämmerung
der **Dampf** die Dämpfe; die Dampflokomotive; dampfen
Dä|ne|mark der Däne, die Dänin; dänische Lieder
dan|ken Thomas dankte Inge für das Geschenk. dankbar sein; der Dank; die Dankbarkeit
dann Erst war es heiß, dann war es kalt.
da|ran immer daran denken, nie daran zweifeln **dar|an**
da|rauf darauf antworten **dar|auf**
da|raus daraus essen, daraus trinken **dar|aus**
da|rin darin schlafen, darin wohnen **dar|in**
da|rü|ber darüber reden, darüber streiten **dar|über**
da|run|ter Lege ein Brett darunter! **dar|un|ter**
ich **darf** Ich darf schon länger aufbleiben. ➛ dürfen
der **Darm** die Därme
dar|stel|len Der Schauspieler stellte einen Räuber dar. der Darsteller, die Darstellerin
das Kennst du das Lied, das ich so gern singe?
dass Ich hoffe, dass du kommst!
das|sel|be ein und dasselbe

die **Da|ten**	Daten sind Angaben über Ort, Zeit und andere Tatsachen.
	Daten bearbeiten; der Datenschutz
das **Da|tum**	die Geburtsdaten meiner Eltern
die **Dau|er**	die Dauer der Reise; der Dauerlauf, die Dauerwelle
dau|ern	Der Film dauerte sehr lang.
	Störe mich nicht dauernd!
der **Dau|men**	die Daumen
da|vor	Ich habe keine Angst davor.
die **De|cke**	die Decken
	Martina kuschelt sich in die warme Decke.
	Der Vater tapeziert die Decke des Zimmers.
der **De|ckel**	die Deckel der Schachteln
de|cken	Sie deckte den Tisch.
deh|nen	Sie dehnte das Gummiband.
	dehnbare Bänder; die Dehnung
dein	Liebe Karin, alles Gute zu deinem Geburtstag!

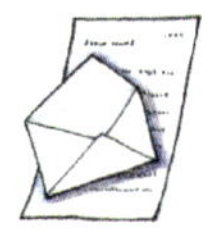

das **De|ka|gramm**	zehn Dekagramm Wurst kaufen
der **Del|fin**	Delfine (= Delphine) sind Säugetiere, die im Meer leben.
der **Del|phin**	(= der Delfin)
dem	nach dem Essen, mit dem Ball spielen
die **De|mo|kra|tie**	Demokratie als Staatsform: Das Volk wählt seine politischen Vertreter. **De|mok|ra|tie**
de|mo|kra|tisch	sich demokratisch verhalten **de|mok|ra|tisch**
den|ken	du denkst, wir dachten, ihr habt gedacht
das **Denk|mal**	die Denkmäler
denn	Uli geht nicht in die Schule, denn er ist krank.
der	Der Bub, der gestern hier war, heißt Andreas.
der|sel|be	ein und derselbe
des	das Heft des Schülers
des|sen	der Hund, dessen Ohren immer wackeln
der **De|tek|tiv**	die Detektive
deut|lich	deutlicher, am deutlichsten; die Deutlichkeit
deutsch	die deutsche Sprache; der Deutsche, die Deutsche
	Lukas spricht Deutsch. Er sagt es auf Deutsch.
Deutsch|land	Deutschland ist ein Nachbarland Österreichs.
der **De|zem|ber**	die kurzen Tage des Dezember (= des Dezembers)

dich Liebe Karin, ich werde dich (= Dich) morgen abholen!

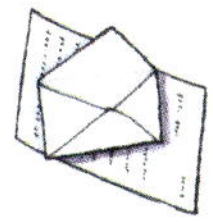

dicht dichter, am dichtesten; dichtes Gras
dich|ten Er dichtete Märchen und Sagen. der Dichter, die Dichterin, die Dichtung
dick dicker, am dicksten; der Dickkopf
die Die Blume, die dort blüht, ist eine Rose.
der **Dieb** die Diebe; der Diebstahl
die **Die|bin** die Diebinnen
die|nen er diente; der Diener, die Dienerin
der **Dienst** die Dienste; dienstlich
der **Diens|tag** die Dienstage; am Dienstagabend
diens|tags Ich gehe dienstags immer in die Flötenstunde.
die|se Diese Frau kenne ich gut.
die|sel|be ein und dieselbe
die|ser Dieser Mann trägt einen Hut.
die|ses Dieses Kind spielt mit einem Ball.
dik|tie|ren Die Lehrerin diktierte die Ansage.
das **Dik|tat** die Diktate
das **Ding** viele Dinge

der **Di|no|sau|ri|er** die Dinosaurier

dir Lieber Markus, wie geht es dir (= Dir)?

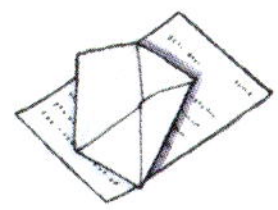

di|rekt direkter, am direktesten; die direkte Rede
die **Di|rek|ti|on** die Direktionen
der **Di|rek|tor** die Direktoren
die **Di|rek|to|rin** die Direktorinnen
das **Dirndl** Bei der Trachtenhochzeit trugen die Mädchen Dirndln.
die **Dis|co** die Discos ➛ die Diskothek
die **Dis|ko|thek** (= die Disco); in Diskotheken zu lauter Musik tanzen
di|vi|die|ren Sie dividierte 15 durch 3.
die **Di|vi|si|on** Peter hat viele Divisionen als Hausübung.
doch Ich klopfte an die Tür, doch niemand öffnete mir.
der **Docht** die Dochte; der Kerzendocht
der **Dok|tor** die Doktoren
die **Dok|to|rin** die Doktorinnen
der **Dom** Dome sind große Kirchen.
das **Do|mi|no** die Dominos; Domino spielen; der Dominostein
der **Don|ner** laute Donner
don|nern Es donnerte.
der **Don|ners|tag** die Donnerstage; am Donnerstagabend

don|ners|tags Der Vater geht donnerstags immer kegeln.
dop|pelt Julia hat doppelt so viele Bücher wie Karin.
das **Dorf** die Dörfer
der **Dorn** spitze Dornen; das Dornröschen
dort dort drüben, dort oben
die **Do|se** blecherne Dosen; der Dosenöffner
der **Dot|ter** (= das Dotter), die Dotter; die Dotterblume
der **Dra|che** der Schwanz des Drachen, die Drachen

der **Dra|chen** bunte Drachen steigen lassen
der **Draht** dünne Drähte; der Drahtzaun
drän|gen wir drängten; die Drängerei
drau|ßen draußen vor der Tür
dre|hen Er drehte an der Uhr. Sie drehten einen Film.
die Drehung

drei   drei Buben, drei Uhr, dreizehn, dreißig,
dreihundert, dreimal läuten,
um dreiviertel sieben;
das Dreieck, der Dreier

dre|schen du drisch(s)t, er drosch, sie hat gedroschen
Beim Dreschen werden Getreidekörner aus den Ähren gelöst.
dres|sie|ren Sascha dressierte seine Zirkuspferde.
Die Dressur dauerte sehr lange.
drin|gend dringender, am dringendsten
drin|nen im Haus drinnen
er **drischt** Der Bauer drischt das Getreide. ➛ dreschen
drit|te das dritte Kind in der Reihe; das Drittel
Sie ist beim Abfahrtslauf Dritte geworden.
dro|hen er drohte; die Drohung
dröh|nen Der Lärm dröhnte durch das Haus.
drol|lig drolliger, am drolligsten;
ein drolliges kleines Kätzchen
sie **drosch** Die Bergbäuerin drosch das Getreide. ➛ dreschen
die **Dros|sel** Drosseln sind Singvögel.
drü|ben Er steht drüben beim Gartenzaun.
dru|cken Wir druckten unsere Schülerzeitung.
der Drucker, die Druckerei
drü|cken Eva drückte auf den Knopf.
der **Dschun|gel** die Dschungel; die Tiere im Dschungel

du Liebe Karin, wann kommst du (= Du) wieder zu mir?

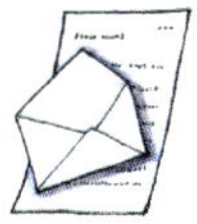

der **Duft** die Düfte; duften; duftende Blumen
dumm dümmer, am dümmsten; die Dummheit
dün|gen Der Bauer düngte das Feld. der Dünger
dun|kel dunkler (= dünkler), am dunkelsten; im Dunkeln
dünn dünner, am dünnsten; ein dünner Faden
durch durch den Wald gehen

durch… *Wenn du ein Wort mit* **durch-** *nicht in der alphabetischen Reihenfolge findest, dann mache es so:*
Du suchst durchatmen, *schlag nach bei* **atmen***!*
Du suchst durchfahren, *schlag nach bei* **fahren***!*

der **Durch|fall** die Durchfälle
der **Durch|gang** schmale Durchgänge
dür|fen Du darfst kommen. Er durfte mitsingen. Wir haben mitspielen dürfen.
er **dur|fte** Er durfte fernsehen. ➝ dürfen
dürr dürrer, am dürrsten; die Dürre
der **Durst** Durst haben; durstig sein
du|schen du dusch(s)t, er duschte; die Dusche
düs|ter düsterer, am düstersten; ein düsterer Keller
das **Dut|zend** die Dutzende
Ein Dutzend Kreiden sind zwölf Kreiden.
die **DVD** Die Filme sind auf DVDs gespeichert.
der **DVD-Play|er** die DVD-Player

	eben	eine ebene Landschaft; die Ebene
der	**Eber**	die Eber
das	**E-Book**	E-Books sind elektronische Bücher.
das	**Echo**	Mehrere Echos tönten zurück.
	echt	Du bist ein echter Freund!
die	**Ecke**	(= das Eck), die Ecken; ein eckiger Tisch
das	**Edel|weiß**	Das Edelweiß ist eine Bergblume.
	egal	Das ist mir egal!
die	**Ehe**	die Ehen; die Ehefrau, der Ehemann, das Ehepaar
die	**Eh|re**	die Ehren; das Ehrenwort Ehre, wem Ehre gebührt. *aber:* viele Ähren auf dem Feld
	eh|ren	Wir ehrten den Sieger. die Ehrung
	ehr|lich	ehrlicher, am ehrlichsten; die Ehrlichkeit
das	**Ei**	harte Eier; das Eierschwammerl, das Eiweiß
die	**Ei|che**	alte Eichen
das	**Eich|hörn|chen**	(= das Eichkätzchen), die Eichhörnchen
das	**Eich|kätz|chen**	(= das Eichhörnchen), die Eichkätzchen
die	**Ei|dech|se**	die Eidechsen
der	**Ei|fer**	unser Eifer bei der Arbeit
die	**Ei|fer|sucht**	Seine Eifersucht war groß.
	ei|fer|süch|tig	eifersüchtiger, am eifersüchtigsten
	eif|rig	eifriger, am eifrigsten; eifrige Schüler
	ei|gen	ein eigenes Zimmer haben; eigenartig, eigensinnig; das Eigentum
die	**Ei|gen|schaft**	gute und schlechte Eigenschaften; das Eigenschaftswort
	ei|len	Wir eilten nach Hause. Ich habe es sehr eilig. die Eile
der	**Ei|mer**	Sie trugen die Eimer zum Melken in den Stall.
	ein	ein Kleid kaufen; der eine und der andere, einer wie du; einfärbige Hemden, das einjährige Kind; einmal würfeln, einspurige Fahrbahnen; einhundert; die Einbahn, das Einmaleins, die Einzahl

ein... *Wenn du ein Wort mit* **ein-** *nicht in der alphabetischen Reihenfolge findest, mache es so:*
Du suchst einkaufen, *schlag nach bei* **kaufen***!*
Du suchst einzahlen, *schlag nach bei* **zahlen***!*

ein|an|der einander helfen **ei|nan|der**
der **Ein|band** die bunten Einbände unserer Hefte
der **Ein|bruch** die Einbrüche; der Einbrecher, die Einbrecherin
ein|fach einfacher, am einfachsten; einfache Rätsel
ein|fä|deln Ich fädle den Faden ein. Er fädelte den Zwirn ein.
der **Ein|gang** Das Haus hat zwei Eingänge.
ei|ni|ge Von den vielen Äpfeln sind einige wurmig.
der **Ein|kauf** viele Einkäufe erledigen; einkaufen
ein|la|den Sie ladet gern Gäste ein.
Er ladet Kisten ins Auto ein. ➝ laden
die **Ein|la|dung** die Einladungen
ein|ren|ken Der Arzt renkte ihm die Schulter ein.

eins

Eins und eins ist zwei.
Die Turmuhr schlägt eins.
der Einser

ein|sam einsamer, am einsamsten; die Einsamkeit
der **Ein|tritt** Für die Ausstellung war der Eintritt frei.
die Eintrittskarte, der Eintrittspreis
der **Ein|woh|ner** die Einwohner des Ortes
die **Ein|woh|ne|rin** die Einwohnerinnen
ein|zeln jeder einzelne Schüler; der Einzelne
ein|zig Petra machte keinen einzigen Fehler.
Kein Einziger kam zum Fest.

das **Eis** das Eislaufen; eisig kalt
Eis schlecken; der Eissalon,
die Eiscreme (die Eiskrem, die Eiskreme)

das **Ei|sen** die Eisenbahn; ein eisernes Gitter
Ei|sen|stadt Eisenstadt ist die Landeshauptstadt des Burgenlandes.
der Eisenstädter, die Eisenstädterin;
der Eisenstädter Dom
eis|lau|fen Ich laufe eis. Wir sind eisgelaufen.
ei|tel eitler, am eitelsten; die Eitelkeit
ei|tern Die Wunde eiterte.
der Eiter; ein eitriger Finger

der **Ele|fant** der Rüssel des Elefanten, große Elefanten
elek|trisch elektrisches Licht; **elekt|risch**
der Elektriker, die Elektrikerin

elf 11 elf Fußballer, elf Uhr;
elfmal würfeln; der Elfer

der **Ell|bo|gen** die Ellbogen
die **El|tern** der Elternverein
das **E-Mail** (= die E-Mail)
E-Mails sind Nachrichten, die mit dem Computer übermittelt werden.
emp|fan|gen du empfängst, er empfing, ihr habt empfangen;
der Empfang, der Empfänger, die Empfängerin
du **emp|fängst** Du empfängst einen guten Freund. ➛ empfangen
sie **emp|fing** Karin empfing einige Gäste. ➛ empfangen
das **En|de** die Enden der Wurst; das Ende der Woche, Ende Juni
end|lich Komm endlich nach Hause!
die **Ener|gie** alle Energien (Kräfte) einsetzen; energisch
eng enger, am engsten; die Enge
der **En|gel** die Engel
52 **Eng|land** der Engländer, die Engländerin
eng|lisch der englische Tee; etwas auf Englisch erklären
Tom spricht Englisch.
der **En|kel** viele Enkel; das Enkelkind
die **En|ke|lin** die Enkelinnen

ent... *Wenn du ein Wort mit* **ent-** *nicht in der alphabetischen Reihenfolge findest, mache es so:*
Du suchst entgehen, *schlag nach bei* **gehen***!*
Du suchst entlaufen, *schlag nach bei* **laufen***!*

ent|de|cken Der Pirat entdeckte einen Schatz.
der Entdecker, die Entdeckerin, die Entdeckung
die **En|te** die Enten
ent|fer|nen Wir entfernten uns.
die **Ent|fer|nung** große Entfernungen
ent|glei|sen Bei dem Unfall entgleiste der Zug.
die Entgleisung
ent|lang Entlang des Flusses stehen viele Bäume.
ent|schei|den du entscheidest, er entschied, sie hat entschieden
die **Ent|schei|dung** Silvia trifft viele gute Entscheidungen.
er **ent|schied** Er entschied sich für das Rad. ➛ entscheiden

entschuldigen Bobby entschuldigte sich bei Doris.
die **Entschuldigung** die Entschuldigungen
die **Enttäuschung** die Enttäuschungen; jemanden enttäuschen
der **Enzian** Enziane sind blaue Bergblumen.
er Thomas ist am Telefon! Was will er?
erben Sie erbte von ihrer verstorbenen Mutter ein Haus. der Erbe, die Erbin
die **Erbse** grüne Erbsen
der **Erdapfel** Erdäpfel nennt man auch Kartoffeln.
die **Erdbeere** Erdbeeren pflücken
die **Erde** Blumen in die Erde pflanzen
Die Erde ist ein Planet.
das Erdbeben

das **Erdgeschoß** (= das Erdgeschoss), die Erdgeschoße
er **erfand** Wer erfand die Glühbirne? ➛ erfinden
erfinden du erfindest, er erfand, wir haben erfunden; der Erfinder, die Erfinderin, die Erfindung
der **Erfolg** die Erfolge; erfolglos oder erfolgreich sein
erfunden Du hast eine Geschichte erfunden. ➛ erfinden
ergänzen du ergänzt, er ergänzte; die Ergänzung
das **Ergebnis** richtige Ergebnisse
erhitzen du erhitzt, er erhitzte; erhitzte Gesichter
erholen Wir erholten uns in den Ferien. die Erholung; ein erholsames Wochenende
erinnern sie erinnerten sich; die Erinnerung
sich **erkälten** Sie erkältete sich beim Schwimmen.
die **Erkältung** die Erkältungen
erklären Andi erklärte alles sehr genau.
die **Erklärung** genaue Erklärungen
sich **erkundigen** Eva erkundigte sich nach dem Weg.
erlauben Die Mutter erlaubte die Party nicht.
die **Erlaubnis** die Erlaubnisse; um Erlaubnis fragen
erleben Wir erlebten viele Abenteuer im Wald.
das **Erlebnis** aufregende Erlebnisse
ermahnen Die Lehrerin ermahnte die schwätzenden Kinder. die Ermahnung
ernähren Martin ernährte sich ungesund und wurde krank.
ernst ernster, am ernstesten; der Ernst
die **Ernte** die Ernten; das Erntedankfest
ernten Die Bäuerin erntete den Kukuruz.
erobern ich erobere, sie eroberte; die Eroberung

er|rei|chen Georg erreichte als Erster das Ziel.
er|schöpft erschöpfter, am erschöpftesten; die Erschöpfung
sie **er|schrak** Lisa erschrak vor dem Gespenst. ➛ erschrecken

er|schre|cken du erschrickst, er erschrak,
ihr seid erschrocken

er|schre|cken Du erschreckst ihn.
Er erschreckte sie.
Wir haben ihn erschreckt.

er|schro|cken Ich bin im Dunklen erschrocken. ➛ erschrecken
ers|te der erste Bub in der Reihe; die Erste im Ziel;
das erste Mal Ski fahren
er|wach|sen Julia möchte schon erwachsen sein.
der Erwachsene, die Erwachsene
er|wi|dern ich erwidere, er erwiderte; die Erwiderung
er|zäh|len Eva erzählte lange Geschichten.
die **Er|zäh|lung** spannende Erzählungen
er|zeu|gen Die Maschine erzeugte viel Lärm.
es Das Mädchen ist müde, es will schlafen.
Mir geht es gut. Es regnet.
der **Esel** die Esel; das Eselsohr
der **Es|ki|mo** die Eskimos ➛ der Inuk

es|sen Ich esse Suppe. Du isst Obst. Er isst Käse.
Sie aß Gemüse. Wir aßen Äpfel.
Ihr habt Salat gegessen.
Iss nicht zu viel Fleisch!
essbare Pilze;
das Essen, das Essbesteck

der **Es|sig** verschiedene Essige; die Essiggurke
das **Etui** Brillen in Etuis geben
et|was etwas trinken; etwas Schönes sehen
euch Liebe Freunde, ich wünsche euch schöne Ferien!
die **Eu|le** die Eulen
der **Eu|ro** einzelne Euros; jemandem fünf Euro schuldig sein
Eu|ro|pa der Europäer, die Europäerin; europäische Länder
das **Eu|ter** die Euter der Kühe
evan|ge|lisch die evangelische Kirche
ewig für immer und ewig; die Ewigkeit
ex|plo|die|ren Der Kessel explodierte. Die Explosion war heftig.

die **Fa|bel** In Fabeln können Tiere sprechen.

die **Fab|rik** große Fabriken; der Fabriksarbeiter, die Fabriksarbeiterin **Fa|brik**

das **Fach** die Fächer; das Handschuhfach

der **Fä|cher** die Fächer

die **Fa|ckel** die Fackeln; der Fackelzug

fad fader, am fadesten; ein fader Film

der **Fa|den** dünne Fäden einfädeln

die **Fah|ne** bunte Fahnen; die Fahnenstange

die **Fäh|re** Die Fähren fahren über den Fluss.

fah|ren Ich fahre Rad. Du fährst Ski.
Er fuhr schnell.
Sie ist mit der Rodel gefahren.
die Fahrbahn, der Fahrer,
die Fahrerin, der Fahrplan,
das Fahrrad, die Fahrt,
das Fahrzeug

du **fährst** Du fährst mit dem Zug. ➛ fahren

die **Fähr|te** Fährten sind Spuren von Wildtieren.

fair fairer, am fairsten; ein faires Spiel

der **Fal|ke** der Schnabel des Falken, die Falken

der **Fall** die Fälle; der Wasserfall
Der Detektiv löste einen schwierigen Fall.
die vier Fälle des Namenwortes

fal|len du fällst, sie fiel, ich bin gefallen

fäl|len Der Waldarbeiter fällte einen Baum.

du **fällst** Du fällst vor Freude in Ohnmacht. ➛ fallen

falsch kein Wort falsch schreiben

die **Fal|te** viele Falten; der Faltenrock

fal|ten Ingrid faltete Papier.

die **Fa|mi|lie** die Familien; der Familienname

der **Fan** Die Fans warteten auf ihren Lieblingssänger.

sie **fand** Julia fand den verlorenen Schlüssel. ➛ finden

fan|gen du fängst, er fing, er hat gefangen
du **fängst** Du fängst den Ball. ➛ fangen
die **Fan|ta|sie** (= die Phantasie), die Fantasien
fan|ta|sie|ren (= phantasieren)
Bill fantasierte beim Erzählen.
die **Far|be** dunkle Farben; der Farbfernseher, der Farbstift
fär|ben Sie färbte die Ostereier.
färbige Tücher
der **Fa|sching** das Faschingskostüm, der Faschingskrapfen
das **Fass** volle Fässer
fas|sen Du fasst ihn beim Arm. Er fasste die Einbrecher.
fast ein fast leeres Glas, fast zu spät kommen
fas|ten sie fastete; die Fastenzeit
faul fauler, am faulsten; faulenzen; die Faulheit,
der Faulpelz
fau|len Der Apfel faulte. Iss kein faules Obst!
die **Faust** die Fäuste; der Fäustling

das **Fax** mehrere Fax (= mehrere Faxe) schicken;
das Faxgerät

56 **fa|xen** Du faxt eine Nachricht. Sie faxte einen Brief.
der **Feb|ru|ar** der kälteste Tag des Februar **Fe|bru|ar**
(= des Februars)
die **Fe|der** die Federn; der Federball, das Federpennal
die **Fee** die guten Feen
feh|len Martin fehlte in der Schule.
der **Feh|ler** wenige Fehler machen; fehlerlos
fei|ern ich feiere, sie feierte; die Feier, der Feiertag
feig feiger, am feigsten;
die Feigheit, der Feigling

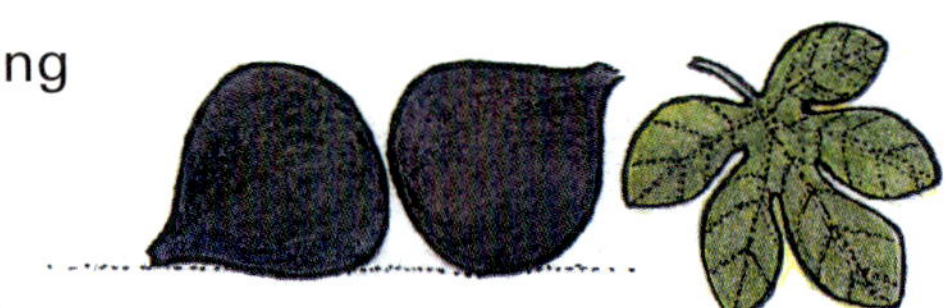

die **Fei|ge** saftige Feigen
die **Fei|le** die Feilen; die Nägel feilen
fein feiner, am feinsten; der feine Sand
der **Feind** die Feinde; die Feindschaft; feindliche Banden
die **Fein|din** die Feindinnen
das **Feld** die Felder; der Feldstecher
das **Fell** weiche Felle
der **Fel|sen** steile Felsen; die Felswand; ein felsiger Weg
das **Fens|ter** die Fenster; das Fensterbrett, die Fensterscheibe
die **Fe|ri|en** das Ferienheim, das Ferienlager, der Ferientag

das **Fer|kel** — die Ferkel
fern — ferner, am fernsten; die Ferne, das Fernrohr
fern|se|hen — du siehst fern, er sah fern, ihr habt ferngesehen; das Fernsehen, der Fernseher; der Fernsehapparat
die **Fer|se** — beide Fersen
fer|tig — Maria ist mit ihrer Aufgabe fertig.
fes|seln — ich fessle, du fesselst, er fesselte; die Fessel
fest — fester, am festesten; feste Schuhe tragen
das **Fest** — viele Feste feiern; der Festtag; ein festliches Kleid
fett — fetter, am fettesten; fettes Fleisch; das Fett
feucht — feuchter, am feuchtesten; die Feuchtigkeit
das **Feu|er** — die Feuer; die Feuerwehr, das Feuerwerk
die **Fi|bel** — Mit Fibeln lernen Kinder lesen.
die **Fich|te** — die Fichten; die Fichtennadel, der Fichtenwald
das **Fie|ber** — hohes Fieber haben; das Fieberthermometer

er **fiel** — Der Teller fiel zu Boden. ➛ fallen
aber: viel Gemüse essen

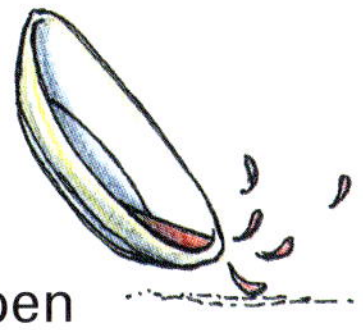

die **Fi|gur** — die Figuren bei einem Spiel verschieben
der **Film** — die Filme; die Filmkamera; filmen
der **Filz|stift** — bunte Filzstifte
fin|den — ich finde, er fand, sie hat gefunden
er **fing** — Patrick fing den Ball. ➛ fangen
der **Fin|ger** — die fünf Finger einer Hand; der Fingerhut
der **Fink** — der Gesang des Finken, die Finken
Finn|land — der Finne, die Finnin; finnische Seen
fins|ter — finsterer, am finstersten; die Finsternis
die **Fir|ma** — bekannte Firmen
der **Fisch** — die Fische; der Fischer, die Fischerin
fi|schen — Du fisch(s)t Hechte. Er fischte Forellen.
die **Fi|so|le** — Fisolen sind grüne Bohnen.
fit — fitter, am fittesten; gesund und fit bleiben
die **Fit|ness** — Fitness bedeutet gute körperliche Verfassung. das Fitnesstraining, das Fitnesscenter

flach — flacher, am flachsten; die Fläche
die **Flam|me** — hohe Flammen
die **Fla|sche** — volle Flaschen; der Flaschenöffner
flech|ten — du flichtst (= du flechtest), er flocht, ihr habt geflochten
der **Fleck** — schmutzige Flecken auf dem Tischtuch; fleckig
das **Fle|ckerl** — die Fleckerln; der Fleckerlteppich, die Krautfleckerln

die	**Fle|der|maus**	die Fledermäuse
das	**Fleisch**	der Fleischer, die Fleischerin; der Fleischhauer, die Fleischhauerin, das Fleischlaibchen
der	**Fleiß**	mit großem Fleiß lernen; fleißige Kinder
du	**flichtst**	(= du flechtest) Du flichtst deiner Puppe zwei Zöpfe. → flechten
der	**Flie|der**	blühende Flieder
die	**Flie|ge**	lästige Fliegen
	flie|gen	du fliegst, sie flog, ihr seid geflogen
	flie|hen	du fliehst, er floh, sie sind geflohen Wer flieht, läuft aus Angst davon.
	flie|ßen	es fließt, es floss, es ist geflossen
	flit|zen	Du flitzt um die Ecke. Das Auto flitzte vorbei.
sie	**flocht**	Ruth flocht ihrer Schwester einen Zopf. → flechten
die	**Flo|cke**	weiße Flocken
sie	**flog**	Karin flog nach Amerika. → fliegen
er	**floh**	Er floh vor dem Monster. → fliehen
der	**Floh**	die Flöhe
das	**Floß**	Die Flöße fahren über den Teich.
es	**floss**	Das Regenwasser floss in den Kanal. → fließen
die	**Flos|se**	die Flossen der Fische
die	**Flö|te**	mehrere Flöten
	flott	flotter, am flottesten; flott arbeiten
der	**Fluch**	die Flüche der Hexe; fluchen
die	**Flucht**	die Flucht ergreifen; der Flüchtling
	flüch|ten	Der Räuber flüchtete vor der Polizei.
der	**Flug**	weite Flüge; der Flughafen, das Flugzeug
der	**Flü|gel**	die Flügel des Vogels; die Schwimmflügel Claudia öffnete einen Flügel des Fensters.
der	**Fluss**	die Flüsse; flussabwärts, flussaufwärts
	flüs|sig	flüssiger, am flüssigsten; die Flüssigkeit
	flüs|tern	Ich flüstere dir ins Ohr. Er flüsterte mir etwas zu.
das	**Foh|len**	Fohlen sind junge Pferde.
	föh|nen	Der Friseur föhnte mein Haar. Der Haarföhn dröhnte. der Föhn; ein föhniger Wind
die	**Föh|re**	die Föhren; der Föhrenwald

fol|gen — Der Detektiv folgte der Spur.
der Mutter folgen; folgsam

die **Fo|lie** — Brote in Folien einwickeln; auf Folien schreiben

die **Fo|rel|le** — Forellen sind Süßwasserfische.

die **Form** — runde Formen

for|men — Ich formte Tiere aus Plastilin.

das **For|mu|lar** — die Formulare ausfüllen

for|schen — Du forsch(s)t nach einer Spur. Er forschte eifrig.
der Forscher, die Forscherin, die Forschung

der **Förs|ter** — Die Förster kümmern sich um den Wald.

die **Förs|te|rin** — die Försterinnen

fort — Gehst du fort von hier?

fort... — *Wenn du ein Wort mit* **fort-** *nicht in der alphabetischen Reihenfolge findest, mache es so:*
Du suchst fortfahren, *schlag nach bei* **fahren***!*
Du suchst fortlaufen, *schlag nach bei* **laufen***!*

fort|set|zen — Er setzte die Reise fort.

die **Fort|set|zung** — verschiedene Fortsetzungen einer Geschichte

das **Fo|to** — die Fotos in den Alben

der **Fo|to|graf** — (= der Photograph), die Fotografen

die **Fo|to|gra|fie** — (= die Photographie), die Fotografien

fo|to|gra|fie|ren — Lukas fotografierte am liebsten Schwäne.

die **Fo|to|gra|fin** — (= die Photographin), die Fotografinnen

das **Foul** — schwere Fouls
Wer foul spielt, spielt nicht fair.

fra|gen — ich fragte; die Frage; das Fragezeichen

Frank|reich — Frankreich ist ein europäisches Land.

die **Fran|se** — die Fransen des Teppichs; kurze Stirnfransen

der **Fran|zo|se** — die Franzosen

die **Fran|zö|sin** — die Französinnen

fran|zö|sisch — französischer Käse; eine Ansage auf Französisch
Yvonne spricht Französisch.

sie **fraß** — Die Katze fraß eine Maus. ➛ fressen

die **Frau** — berühmte Frauen

das **Fräu|lein** — die Fräulein

frech — frecher, am frechsten; die Frechheit

frei — freier, am freiesten; morgen frei haben;
die Freiheit, die Freizeit; freiwillig helfen

der **Frei|tag** — die Freitage; am Freitagabend

frei|tags Ich gehe freitags immer Ballett tanzen.

fremd fremder, am fremdesten; der Fremde, die Fremde; das Fremdwort, der Fremdenverkehr

fres|sen du frisst, er fraß, sie haben gefressen

die **Freu|de** die Freuden; viel Freude haben

sich **freu|en** Ich freute mich über das Geschenk.

der **Freund** die Freunde; die Freundschaft; freundliche Kinder

die **Freun|din** Wie viele Freundinnen hast du?

der **Frie|de** (= der Frieden) Der Friede sei mit dir!

der **Fried|hof** die Friedhöfe

fried|lich friedlicher, am friedlichsten; friedliche Menschen

frie|ren du frierst, er fror, ihr habt gefroren

frisch frischer, am frischesten; frisches Brot

der **Fri|seur** (= der Frisör), die Friseure

die **Fri|seu|rin** (= die Frisörin), die Friseurinnen

fri|sie|ren Wir frisierten uns.

der **Fri|sör** (= der Friseur), die Frisöre

die **Fri|sö|rin** (= die Friseurin), die Frisörinnen

sie **frisst** Die Katze frisst eine Maus. ➛ fressen

die **Fri|sur** moderne Frisuren

die **Frit|ta|te** viele Frittaten; die Frittatensuppe

froh froher, am frohesten; ein froher Mensch

fröh|lich fröhlicher, am fröhlichsten; die Fröhlichkeit

fromm frömmer (= frommer), am frömmsten (= am frommsten); die Frömmigkeit

sie **fror** Karin fror im ungeheizten Gartenhaus. ➛ frieren

der **Frosch** quakende Frösche

der **Frost** die Fröste; ein frostiger Tag

die **Frucht** reife Früchte; der Fruchtsaft; fruchtbare Böden

früh früher, am frühesten

die **Früh** in der Früh, heute Früh; das Frühjahr

frü|her Früher gab es kein Fernsehen.

der **Früh|ling** ein milder Frühling; die Frühlingsblumen

das **Früh|stück** ausgiebig frühstücken

der **Fuchs** die Füchse; der Fuchsbau

füh|len Der Arzt fühlte meinen Puls.

der **Füh|ler** Schnecken haben Fühler.

er **fuhr** Patrick fuhr mit dem Fahrrad zur Schule. ➛ fahren

füh|ren Martin führte den Blinden über die Straße. der Führer, die Führerin, die Führung

	fül|len	Er füllte ein Glas mit Saft.
die	**Füll|fe|der**	mit Füllfedern schreiben

	fünf	 fünf Buben, fünf Uhr, fünfzehn, fünfzig, fünfhundert, fünfmal rufen; der Fünfer; der fünfte Tag des Monats Sandra wurde Fünfte.

der	**Funk**	das Funkgerät, die Funkstille; funken
der	**Fun|ken**	(= der Funke), die Funken des Feuers
	für	ein Geschenk für ihn
die	**Furcht**	Sarah hat im Dunkeln große Furcht.
	fürch|ten	Er fürchtete die Dunkelheit. Ich fürchtete mich.
	für|ein|an|der	füreinander da sein **für|ei|nan|der**
der	**Fuß**	die Füße; zu Fuß gehen; der Fußball, der Fußboden, der Fußgänger, die Fußgängerin
das	**Fut|ter**	das Futter für die Tiere; das Futter zum Nähen
	füt|tern	Er fütterte seinen Hund.

er	**gab**	Patrick gab Karin die Hand. ➛ geben
die	**Gabel**	die Gabeln; mit Gabel und Messer essen; die Gabel des Fahrrades
	gackern	Die Hennen gackerten laut.
	gähnen	Klaus gähnte in der Früh.
er	**galt**	Dieser Wurf galt nicht. ➛ gelten
die	**Gämse**	die Gämsen
der	**Gang**	lange dunkle Gänge; vor dem Berg auf den ersten Gang schalten
die	**Gans**	die Gänse; das Gänseblümchen
	ganz	eine ganze Torte; ganztägig arbeiten
die	**Garage**	dunkle Garagen; das Garagentor
die	**Garbe**	Garben sind Bündel aus Getreidehalmen.
die	**Garderobe**	große Garderoben im Theater
	gar kein	Er hat sich gar keine Sorgen gemacht.
	gar nicht	So etwas kommt bei uns gar nicht vor.
	gar nichts	Es ist gar nichts passiert.
der	**Garten**	die Gärten
der	**Gärtner**	Die Gärtner mähen das Gras.
die	**Gärtnerin**	Die Gärtnerinnen gießen die Blumen.
das	**Gas**	giftige Gase; der Gasherd
die	**Gasse**	enge Gassen
der	**Gast**	viele Gäste; der Gastarbeiter, die Gastarbeiterin, das Gasthaus; gastfreundliche Menschen
der	**Gaumen**	die Gaumen
	ge...	*Wenn du ein Wort mit* **ge-** *nicht in der alphabetischen Reihenfolge findest, mache es so: Du suchst* gefahren, *schlag nach bei* **fahren**! *Du suchst* gehabt, *schlag nach bei* **haben**!
das	**Gebäck**	frisches Gebäck beim Bäcker kaufen *aber:* Gepäck in den Kofferraum geben

das **Gebäude**	schöne Gebäude besichtigen
geben	du gibst, er gab, sie hat gegeben
das **Gebet**	die Gebete; das Gebetbuch
gebeten	Wir haben um ein Glas Wasser gebeten. → bitten
das **Gebirge**	hohe Gebirge; die Gebirgsstraße
das **Gebiss**	die scharfen Gebisse der Löwen
gebissen	Eva hat in den Apfel gebissen. → beißen
geblieben	Patrick ist bis zum Schluss geblieben. → bleiben
gebogen	Karin hat den Nagel gerade gebogen. → biegen
gebracht	Tom hat mich nach Hause gebracht. → bringen
gebrannt	Der Wald hat gebrannt. → brennen
gebrochen	Ingrid hat sich das Bein gebrochen. → brechen
gebunden	Uli hat einen Blumenstrauß gebunden. → binden
die **Geburt**	die Geburten; der Geburtstag
das **Gebüsch**	dichte Gebüsche
gedacht	Martin hat sich nichts dabei gedacht. → denken
das **Gedächtnis**	die Gedächtnisse; ein gutes Gedächtnis haben; die Gedächtnisübung
der **Gedanke**	die Gedanken; gedankenlos sein
das **Gedicht**	schöne Gedichte aufsagen
das **Gedränge**	ein dichtes Gedränge vor dem Eingang
gedroschen	Das Getreide wurde gedroschen. → dreschen
die **Geduld**	Geduld haben; geduldig sein
die **Gefahr**	die Gefahren
gefährlich	gefährlicher, am gefährlichsten; eine gefährliche Kreuzung
gefallen	Du gefällst mir. Es gefiel mir. Es hat uns gefallen.
es **gefällt**	Es gefällt mir hier sehr gut! → gefallen
das **Gefängnis**	die Gefängnisse
das **Gefäß**	volle und leere Gefäße 
es **gefiel**	Dieses Bild gefiel mir besonders gut. → gefallen
geflochten	Elke hat ihrer Puppe Zöpfe geflochten. → flechten
geflogen	Er ist mit dem Flugzeug geflogen. → fliegen
geflohen	Der Dieb ist vor dem Nachtwächter geflohen. → fliehen
geflossen	Wasser ist in den Kanal geflossen. → fließen
gefroren	Karin hat auf dem Schulweg gefroren. → frieren
das **Gefühl**	die Gefühle von anderen nicht verletzen
gefunden	Patrick hat einen Schlüssel gefunden. → finden
gegangen	Katrin ist ins Kino gegangen. → gehen
gegen	gegen die Einbahn fahren; das Gegenteil

der	**Gegenstand**	die Gegenstände beschreiben
	gegenüber	gegenüber dem Rathaus wohnen
der	**Gegner**	die Gegner; die gegnerische Mannschaft
die	**Gegnerin**	die Gegnerinnen
	gegolten	Die Wette hat nicht gegolten. ➛ gelten
	gegossen	Sarah hat die Blumen gegossen. ➛ gießen
	gegriffen	Paul hat in den Käfig gegriffen. ➛ greifen
	gehangen	Die Hose ist auf dem Haken gehangen. ➛ hängen
das	**Geheimnis**	die Geheimnisse; ein geheimes Treffen
	gehen	Ich gehe rasch. Du gehst in den Garten. Wir gingen langsam. Sie sind in die Schule gegangen. die Gehschule, der Gehsteig, der Gehweg

das	**Gehirn**	die Gehirne; die Gehirnerschütterung
	gehoben	Alex hat den Tisch gehoben. ➛ heben
	geholfen	Uli hat Axel bei der Aufgabe geholfen. ➛ helfen
	gehören	Die Bluse gehörte früher meiner Schwester.
der	**Geier**	die Geier

die	**Geige**	wertvolle Geigen
die	**Geisel**	Die Geiseln wurden von den Entführern wieder freigelassen.
der	**Geist**	die Geister; die Geisterbahn; geistern
	geizig	geiziger, am geizigsten; der Geizhals
	gekannt	Damals hat er sie noch nicht gekannt. ➛ kennen
	geklungen	Die Musik hat wunderschön geklungen. ➛ klingen
	gekonnt	Er hat die Rechnung nicht gekonnt. ➛ können
	gekrochen	Die Raupe ist auf ein Blatt gekrochen. ➛ kriechen
	gelähmt	ein gelähmtes Bein; der Gelähmte, die Gelähmte
sie	**gelang**	Patrick gelang die beste Schularbeit. ➛ gelingen
	gelb	Ich mag gelbe Blumen. Die Ampel zeigt Gelb.
das	**Geld**	viel Geld sparen; die Geldbörse, das Geldstück
	gelegen	Die Füllfeder ist auf dem Heft gelegen. ➛ liegen
	geliehen	Katrin hat mir ein Lineal geliehen. ➛ leihen
	gelingen	es gelingt, es gelang, es ist gelungen
	gelitten	Michi hat an einer Krankheit gelitten. ➛ leiden
	gelogen	Mein Bruder hat schon oft gelogen. ➛ lügen
die	**Gelse**	Die Gelsen sind Stechmücken.
	gelten	es gilt, es galt, es hat gegolten

	ge|lun|gen	Diese Zeichnung ist dir gut gelungen! ➛ gelingen
	ge|mein	gemeiner, am gemeinsten; die Gemeinheit
die	**Ge|mein|de**	große Gemeinden; das Gemeindeamt
	ge|mein|sam	gemeinsam singen
die	**Ge|mein|schaft**	kleine Gemeinschaften bilden
	ge|mocht	Michi hat ein Eis gemocht. ➛ mögen
	ge|mol|ken	Der Bauer hat die Kühe gemolken. ➛ melken
das	**Ge|mü|se**	das Gemüsebeet, die Gemüsesuppe
	ge|müt|lich	gemütlicher, am gemütlichsten; die Gemütlichkeit
	ge|nannt	Ich habe Thomas immer Tom genannt. ➛ nennen
	ge|nau	genauer, am genauesten; die Genauigkeit
der	**Gen|darm**	Statt „Gendarmen“ sagt man „Polizisten“. ➛ der Polizist
	ge|nie|ßen	sie genießt, er genoss, ihr habt genossen; genießbare Pilze
	ge|nom|men	Lena hat sich Schokolade genommen. ➛ nehmen
er	**ge|noss**	Patrick genoss die Ferien. ➛ genießen
	ge|nos|sen	Wir haben den Urlaub genossen. ➛ genießen
	ge|nug	genug Geld haben
	ge|nü|gen	es genügte; genügend Zeit haben
der	**Ge|nuss**	die Genüsse; mit Genuss essen

das	**Ge|päck**	das Gepäck tragen; die Gepäcksaufbewahrung, das Gepäcksstück, der Gepäcksträger *aber:* frisches Gebäck zum Frühstück
	ge|pfif|fen	Der Polizist hat gepfiffen. ➛ pfeifen
	ge|quol|len	Die Pasta ist aus der Tube gequollen. ➛ quellen
	ge|ra|de	eine gerade Straße; eine gerade Zahl
	ge|rannt	Die Buben sind um die Wette gerannt. ➛ rennen
das	**Ge|rät**	die Geräte; das Gerätehaus, das Geräteturnen
das	**Ge|räusch**	Er hörte laute Geräusche in der Küche.
	ge|recht	gerechter, am gerechtesten; die Gerechtigkeit

das	**Ge|richt**	die Gerichte; ein gutes Gericht kochen; vor Gericht stehen
	ge|rie|ben	Karin hat Nüsse für die Torte gerieben. ➛ reiben

das **Ge|rip|pe** die Gerippe
ge|ris|sen Peter hat Moni an den Haaren gerissen. ➛ reißen
ge|rit|ten Leo ist zum ersten Mal geritten. ➛ reiten
gern (= gerne), lieber, am liebsten; die Oma gernhaben
ge|ro|chen Im Keller hat es eigenartig gerochen. ➛ riechen
ge|ron|nen Das Wasser ist in den Kübel geronnen. ➛ rinnen
der **Ge|ruch** die Gerüche; der Geruchssinn; geruchlose Gase
das **Ge|rüst** die Gerüste auf der Baustelle aufstellen
ge|sandt Die Oma hat mir einen Brief gesandt. ➛ senden
der **Ge|sang** schöne Gesänge; das Gesangsbuch
das **Ge|schäft** die Geschäfte; der Geschäftsmann, die Geschäftsfrau, die Geschäftsleute
er **ge|schah** Auf der Straße geschah ein Unfall. ➛ geschehen
ge|sche|hen es geschieht, es geschah, es ist geschehen
ge|scheit gescheiter, am gescheitesten; gescheite Kinder
das **Ge|schenk** die Geschenke; das Geschenkpapier
die **Ge|schich|te** spannende Geschichten erzählen
ge|schie|den Die Eltern von Karl sind geschieden. ➛ scheiden
es **ge|schieht** Das geschieht dir recht! ➛ geschehen
ge|schie|nen Die Sonne hat den ganzen Tag geschienen. ➛ scheinen

das **Ge|schirr** Geschirr abwaschen; der Geschirrspüler
das **Ge|schlecht** die Geschlechter; das weibliche Geschlecht
ge|schli|chen Der Räuber ist um das Haus geschlichen. ➛ schleichen
ge|schlif|fen Der Koch hat das Messer geschliffen. ➛ schleifen
ge|schlos|sen Patrick hat das Haustor geschlossen. ➛ schließen
ge|schlun|gen Ich habe meine Arme um dich geschlungen. ➛ schlingen

der **Ge|schmack** die Geschmäcke (= die Geschmäcker)
ge|schmol|zen Das Eis ist geschmolzen. ➛ schmelzen
ge|schnit|ten Leo hat sich geschnitten. ➛ schneiden
ge|scho|ben Ich habe den Wagen geschoben. ➛ schieben
ge|scho|ren Die Schafe wurden geschoren. ➛ scheren
das **Ge|schoß** (= das Geschoss); die Wurfgeschoße
ge|schos|sen Ulli hat den Ball ins Tor geschossen. ➛ schießen
ge|schrie|ben Martin hat eine Karte geschrieben. ➛ schreiben
ge|schri|en Katrin hat vor Angst laut geschrien. ➛ schreien
ge|schrit|ten Wir sind stolz geschritten. ➛ schreiten
ge|schwie|gen Der Angeklagte hat geschwiegen. ➛ schweigen

ge|schwind geschwinder, am geschwindesten
die **Ge|schwin|dig|keit** hohe Geschwindigkeiten
die **Ge|schwis|ter** Deine Geschwister sind sehr nett.
ge|schwol|len Mein Finger ist geschwollen. ➛ schwellen
ge|schwom|men Du bist im Meer geschwommen. ➛ schwimmen
ge|schwo|ren Ich habe ewige Treue geschworen. ➛ schwören
ge|schwun|gen Er hat die Fahne geschwungen. ➛ schwingen
die **Ge|sell|schaft** die Gesellschaften; das Gesellschaftsspiel
ge|ses|sen Karin ist auf einem Kamel gesessen. ➛ sitzen
das **Ge|setz** die Gesetze einhalten
das **Ge|sicht** die Gesichter
ge|so|gen Das Baby hat am Schnuller gesogen. ➛ saugen
ge|sot|ten Die Eier haben in kochendem Wasser gesotten. ➛ sieden

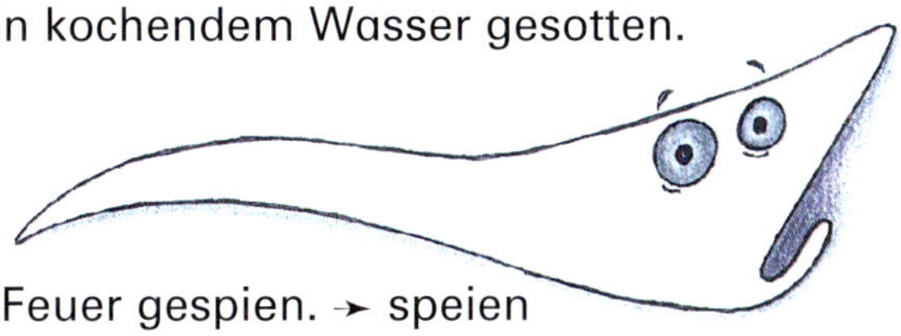

das **Ge|spenst** die Gespenster
ge|spien Der Drache hat Feuer gespien. ➛ speien
ge|spon|nen Meine Oma hat Garn gesponnen. ➛ spinnen
das **Ge|spräch** wichtige Gespräche führen
ge|spro|chen Patrick hat viel mit Anna gesprochen. ➛ sprechen
ge|spros|sen Die Keime sind gesprossen. ➛ sprießen
ge|sprun|gen Karin ist sehr weit gesprungen. ➛ springen
ge|stan|den Emil ist lange im Regen gestanden. ➛ stehen
ges|tern gestern Abend; der gestrige Tag
ge|stie|gen Wir sind auf den Berg gestiegen. ➛ steigen
ge|sto|chen Lisa hat sich an der Nadel gestochen. ➛ stechen
ge|stoh|len Der Dieb hat die Geldbörse gestohlen. ➛ stehlen
ge|stor|ben Ullis Hase ist vorige Woche gestorben. ➛ sterben
ge|streift eine gestreifte Hose
ge|stri|chen Der Vater hat den Zaun gestrichen. ➛ streichen
ge|strit|ten Sie hat mit ihrem Bruder gestritten. ➛ streiten
ge|stun|ken Im Keller hat es fürchterlich gestunken. ➛ stinken
ge|sund gesünder, am gesündesten; die Gesundheit
ge|sun|gen Die Kinder haben ein Lied gesungen. ➛ singen
ge|sun|ken Das Boot ist gesunken. ➛ sinken
ge|tan Ich habe dir überhaupt nichts getan. ➛ tun
das **Ge|tränk** heiße Getränke
das **Ge|trei|de** die Getreide; das Getreidefeld
ge|trie|ben Der Hirte hat die Schafe in den Stall getrieben. ➛ treiben
ge|trof|fen Klaus hat seinen Freund getroffen. ➛ treffen
ge|trun|ken Katrin hat ein Glas Milch getrunken. ➛ trinken

	ge|tupft	ein rot getupftes (= rotgetupftes) Hemd
das	**Ge|wand**	bunte Gewänder anziehen
er	**ge|wann**	Patrick gewann beim Wettlauf. ➛ gewinnen
das	**Ge|wehr**	die Gewehre laden
das	**Ge|weih**	die Geweihe von Hirschen
	ge|we|sen	Karin ist im Theater gewesen. ➛ sein
das	**Ge|wicht**	schwere Gewichte heben
	ge|win|nen	du gewinnst, sie gewann, ich habe gewonnen; der Gewinn, der Gewinner, die Gewinnerin
das	**Ge|wit|ter**	heftige Gewitter; ein gewittriger Tag
	ge|wo|gen	Das Baby hat vier Kilo gewogen. ➛ wiegen
	ge|wöh|nen	Er gewöhnte sich an die neue Umgebung.
	ge|won|nen	Uschi hat das Spiel gewonnen. ➛ gewinnen
	ge|wor|den	Patrick ist Sieger geworden. ➛ werden
	ge|wor|fen	Trixi hat den Ball weit geworfen. ➛ werfen
	ge|wun|den	Der Wurm hat sich um den Ast gewunden. ➛ winden
das	**Ge|würz**	scharfe Gewürze
	ge|wusst	Patrick hat keine Antwort gewusst. ➛ wissen
	ge|zo|gen	Das Pferd hat die Kutsche gezogen. ➛ ziehen
	ge|zwun|gen	Die Geiseln wurden zum Reden gezwungen. ➛ zwingen
er	**gibt**	Der Briefträger gibt mir die Post.➛ geben
	gie|rig	gieriger, am gierigsten; die Gier
	gie|ßen	du gießt, sie goss, wir haben gegossen; Gießkanne
das	**Gift**	die Gifte; giftige Pilze
es	**gilt**	Schummeln gilt nicht! ➛ gelten
sie	**ging**	Karin ging mit Andi ins Kino. ➛ gehen
der	**Gip|fel**	die Gipfel; das Gipfelkreuz
der	**Gips**	die Gipse; der Gipsfuß, der Gipsverband; gipsen
die	**Gi|raf|fe**	Giraffen haben lange Hälse.
die	**Gi|tar|re**	die Gitarren
das	**Git|ter**	die Gitter; das Gitterbett
der	**Glanz**	Der Saal erstrahlte in hellem Glanz.
	glän|zen	Du glänzt im Rechnen. Der Fußboden glänzte. glänzendes Gold
das	**Glas**	die Gläser; das Glashaus

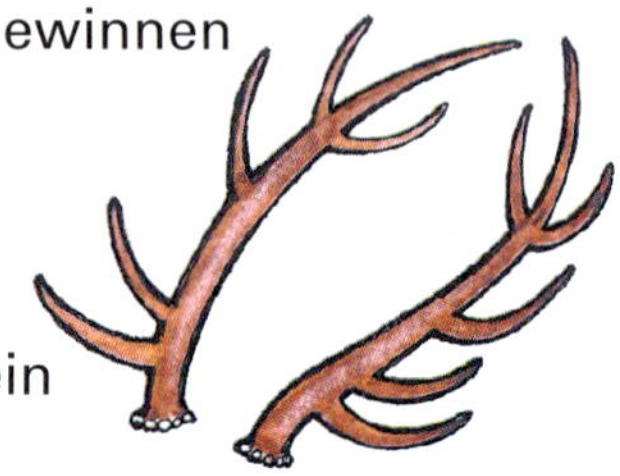

glatt glatter, am glattesten; das Glatteis
die **Glat|ze** die Glatzen
glau|ben Er glaubte mir die Geschichte.
der Glaube (= der Glauben)
gläu|big gläubiger, am gläubigsten;
ein gläubiger Pilger
gleich Er kommt gleich! Das ist mir gleich.
die gleiche Hose; gleichgültig
das **Gleis** (= das Geleis), die Gleise
der **Glet|scher** die Gletscher; die Gletscherspalte
das **Glied** die Glieder; die Gliedmaßen
glie|dern ich gliedere, er gliederte; die Gliederung
glit|schig glitschiger, am glitschigsten; ein glitschiger Fisch
glit|zern ich glitzere, es glitzerte; glitzernder Schnee

der **Glo|bus** die Globen (= die Globusse)
Der Globus ist ein Modell der Erdkugel.

die **Glo|cke** Die Glocken läuten.
das **Glück** viel Glück wünschen; der Glückwunsch
glück|lich glücklicher, am glücklichsten; glücklich sein
glü|hen Das Feuer glühte.
die **Glüh|bir|ne** Mehrere Glühbirnen waren kaputt.
das **Gold** ein Ring aus Gold; der Goldfisch; goldene Uhren
er **goss** Der Gärtner goss die Blumen. ➛ gießen
der **Gott** die Götter; der Gottesdienst
das **Grab** die Gräber; der Grabstein
gra|ben du gräbst, er grub, sie hat gegraben
der **Gra|ben** tiefe Gräben
er **gräbt** Der Hund gräbt ein Loch in die Erde. ➛ graben
der **Grad** die Grade; drei Grad Celsius
das **Gramm** die Gramme; hundert Gramm Wurst kaufen
das **Gras** die Gräser; der Grashalm; grasende Kühe
die **Grä|te** die Gräten der Fische
gra|tis Der Eintritt war gratis.
grät|schen Du grätsch(s)t die Beine. Er grätschte die Beine.
die Grätsche

die **Gra|tu|la|ti|on** viele Gratulationen zum
Geburtstag

gra|tu|lie|ren Ich gratulierte ihm zum Namenstag.
grau ein grauer Rock

grau|sen — Mir (= Mich) grauste vor der Spinne.
eine grausame Geschichte, grausig

Graz — Graz ist die Landeshauptstadt der Steiermark.
der Grazer, die Grazerin; Grazer Kinder,
der Grazer Uhrturm

grei|fen — du greifst, er griff, er hat gegriffen; der Greifvogel

der **Greiß|ler** — Die Greißler verkaufen in kleinen Geschäften verschiedene Waren.

die **Greiß|le|rin** — die Greißlerinnen

grell — greller, am grellsten; ein greller Blitz

die **Gren|ze** — die Grenzen; die Grenzpolizei

Grie|chen|land — der Grieche, die Griechin; griechischer Wein

der **Grieß** — das Grießkoch, der Grießschmarren

er **griff** — Patrick griff tief in den Sack. ➛ greifen

der **Griff** — die Griffe von Türen; ein fester Griff

die **Gril|le** — Die Grillen zirpen heute Nacht.

gril|len — Der Vater grillte auf der Veranda.
der Grill, der Griller

die **Gri|mas|se** — Gesichter zu Grimassen verziehen

grin|sen — er grinste; das Grinsen

die **Grip|pe** — Karin hat eine schwere Grippe.
aber: Die Tiere stehen bei der Krippe.

grob — gröber, am gröbsten; die Grobheit

der **Gro|schen** — Statt Cents gab es früher Groschen.

groß — größer, am größten; die Größe;
die Großeltern, die Großstadt

die **Groß|mut|ter** — die Großmütter

der **Groß|va|ter** — die Großväter

er **grub** — Erwin grub ein tiefes Loch im Garten. ➛ graben

die **Gru|be** — die Gruben
Wer andern eine Grube gräbt, fällt selbst hinein.

grün — Ich male grüne Blätter. Die Ampel steht auf Grün.

der **Grund** — die Gründe; das Grundstück

grün|den — Einige Kinder gründeten eine Bande.

gründ|lich — gründlicher, am gründlichsten;
gründlich putzen

grun|zen — Das Schwein grunzte.

die **Grup|pe** — mehrere Gruppen bilden

gru|se|lig — gruseliger, am gruseligsten; ein gruseliger Film

sich **gru|seln** — ich grusle mich, du gruselst dich, es gruselte mir

der **Gruß** — viele Grüße senden

grü|ßen Du grüßt die Lehrerin.
Sie grüßte den Nachbarn.

der **Gu|gel|hupf** Gugelhupfe backen

gül|tig gültige Ausweise und Fahrkarten
der **Gum|mi** die Gummis; das Gummiband
gur|geln ich gurgle, du gurgelst, er gurgelte
die **Gur|ke** die Gurken; der Gurkensalat
der **Gurt** die Gurte im Auto
der **Gür|tel** die Gürtel umbinden
gut besser, am besten; gute Noten
das **Gut** auf eine Schularbeit die Note Gut bekommen
das **Gut** Viele Güter werden mit der Bahn befördert.
gü|tig gütiger, am gütigsten; die Güte
das **Gym|na|si|um** die Gymnasien

das	**Haar**	die Haare
	haben	Du hast Durst. Er hat Durst. Ihr habt Durst. Sie hatte Hunger. Wir haben Hunger gehabt.
	hacken	Ich hackte Holz.
die	**Hacke**	scharfe Hacken
der	**Hafen**	In den Häfen sind viele Schiffe.
der	**Hafer**	Pferde mit Hafer füttern; die Haferflocken
das	**Häferl**	(das Heferl), die Häferln
der	**Hagel**	Der Hagel fiel auf die Autos.
	hageln	Es hagelte.
der	**Hahn**	krähende Hähne, der Hahn auf dem Mist; der Wasserhahn

der	**Hai**	große Haie
	häkeln	ich häkle, du häkelst, er häkelte; die Häkelnadel
der	**Haken**	die Haken; der Kleiderhaken

	halb	es ist halb eins, eine halbe Stunde; halbieren
er	**half**	Patrick half Karin beim Tragen. ➛ helfen
die	**Hälfte**	beide Hälften
die	**Halle**	große Hallen; das Hallenbad
	hallo	Hallo, Inge!
der	**Halm**	die Halme; der Grashalm, der Strohhalm
der	**Hals**	die Hälse; das Halsband
er	**hält**	Er hält immer seine Versprechen. ➛ halten
	halten	du hältst, sie hielt, er hat gehalten; die Haltestelle
der	**Hammer**	die Hämmer
	hämmern	ich hämmere, er hämmerte
der	**Hampelmann**	die Hampelmänner
der	**Hamster**	die Hamster
die	**Hand**	die Hände; die Handtasche, das Handtuch
	handeln	ich handle, du handelst, er handelte; der Handel
der	**Händler**	Die Händler verkaufen ihre Ware.
die	**Händlerin**	die Händlerinnen

der	**Hand|wer|ker**	Die Handwerker arbeiten in der Werkstatt.
die	**Hand|wer|ke|rin**	die Handwerkerinnen
das	**Han|dy**	Handys sind kleine Funktelefone.
der	**Hang**	steile Hänge
	hän|gen	Petra hängte den Mantel an den Haken. Ich habe das Bild an die Wand gehängt.
	hän|gen	Der Mantel hing am Haken. Das Bild ist an der Wand gehangen.
	harm|los	harmloser, am harmlosesten; eine harmlose Krankheit
	hart	härter, am härtesten; die Härte
das	**Harz**	die Harze; ein von Harz klebriger Baumstamm
der	**Ha|se**	die Hasen
die	**Ha|sel|nuss**	die Haselnüsse
	has|sen	du hasst, er hasste; der Hass
	häss|lich	hässlicher, am hässlichsten; ein hässliches Bild
du	**hast**	Du hast morgen Geburtstag. ➛ haben
er	**hat**	Markus hat viele Freunde. ➛ haben
sie	**hat|te**	Monika hatte hohes Fieber. ➛ haben
die	**Hau|be**	warme Hauben
der	**Hau|fen**	hohe Haufen; der Misthaufen, der Schneehaufen
	häu|fig	häufiger, am häufigsten; ein häufiger Fehler
das	**Haupt**	die Häupter; der Hauptplatz, die Hauptschule
der	**Häupt|ling**	die Häuptlinge der Indianer
das	**Haus**	die Häuser; nach Hause gehen; die Hausfrau, der Haushalt, das Haustier
die	**Haus|übung**	die Hausübungen machen
die	**Haut**	die Häute; die Hautcreme
	he|ben	du hebst, er hob, ihr habt gehoben
der	**He|bel**	die Hebel an den Maschinen
der	**Hecht**	die Hechte
die	**He|cke**	hohe Hecken aus Sträuchern
das	**Heer**	die Heere; das Bundesheer
das	**He|ferl**	die Heferln ➛ das Häferl
das	**Heft**	die Hefte; der Heftumschlag
	hef|ten	Sie heftete den Saum des Kleides.
	hef|tig	heftiger, am heftigsten; ein heftiger Sturm

die **Hei|de** — blühende Heiden; das Heidekraut
Eine Heide ist eine sandige Ebene, meist ohne Bäume.

die **Hei|del|bee|re** — die Heidelbeeren

hei|len — Der Arzt heilte den Kranken.
die Heilung; heilende Kräuter

hei|lig — die heilige Messe; der Heilige Abend

das **Heim** — die Heime; das Heimweh; heimgehen

die **Hei|mat** — das Heimatland; heimatlos sein

die **Hei|rat** — Durch Heirat wird eine Ehe geschlossen.

hei|ra|ten — Sie heirateten im Mai.

hei|ser — heiserer, am heisersten; die Heiserkeit

heiß — heißer, am heißesten; ein heißer Tag

hei|ßen — Du heißt Birgit. Er hieß Paul.
Sie hat früher Müller geheißen.

hei|ter — heiterer, am heitersten; die Heiterkeit

hei|zen — du heizt, er heizte; die Heizung

der **Held** — die Helden

die **Hel|din** — die Heldinnen

hel|fen — du hilfst, er half, sie hat geholfen

hell — heller, am hellsten; ein helles Zimmer

der **Helm** — die Helme

das **Hemd** — bunte Hemden; der Hemdkragen

der **Hengst** — Hengste sind männliche Pferde.

der **Hen|kel** — die Henkel

die **Hen|ne** — die Hennen

her — Patrick, komm her! Sie lief hin und her.

her... — *Wenn du ein Wort mit* **her-** *nicht in der alphabetischen Reihenfolge findest, mache es so:*
Du suchst hergeben, *schlag nach bei* **geben***!*
Du suchst herlaufen, *schlag nach bei* **laufen***!*

her|aus — Komm aus dem Versteck heraus! — **he|raus**

der **Herbst** — ein nebliger Herbst; herbstliche Tage

der **Herd** — die Herde; der Gasherd, der Elektroherd

die **Her|de** — die Herden; die Rinderherde, die Schafherde

her|ein — Karin, komm herein! — **he|rein**

der **Herr** — die Herren

her|rich|ten — Er richtete das kaputte Rad her.
Sie richtete Essen her.

herr|lich — herrlicher, am herrlichsten; ein herrlicher Tag

	herr|schen	du herrsch(s)t, er herrschte; der Herrscher, die Herrscherin
das	**Herz**	der Schlag des Herzens, die Herzen; herzlich
	het|zen	Du hetzt in die Schule. Sie hetzte nach Hause.
das	**Heu**	das Heu ernten; der Heuboden; heuen
	heu|er	Ich komme heuer in die dritte Klasse.
	heu|len	Die Sirenen heulten.
	heu|rig	das heurige Jahr
die	**Heu|schre|cke**	Die Heuschrecken hüpfen im Gras.

	heu|te	heute Abend; der heutige Tage
die	**He|xe**	die Hexen; die Hexerei; hexen
er	**hielt**	Der Bürgermeister hielt eine lange Rede. ➛ halten
	hier	Ich bin hier und du bist dort.
sie	**hieß**	Erna Maier hieß früher Erna Huber. ➛ heißen
die	**Hil|fe**	die Hilfen; die erste Hilfe; der Hilfsarbeiter, die Hilfsarbeiterin; hilfsbereit
du	**hilfst**	Du hilfst beim Aufräumen. ➛ helfen
die	**Him|bee|re**	reife Himbeeren
der	**Him|mel**	die Himmel; die Himmelschlüssel
	hin	hin und her

hin... *Wenn du ein Wort mit* **hin-** *nicht in der alphabetischen Reihenfolge findest, mache es so:*
Du suchst hinfallen, *schlag nach bei* **fallen***!*
Du suchst hinschauen, *schlag nach bei* **schauen***!*

	hin|dern	Ich hindere ihn. Er hinderte mich bei der Arbeit.
das	**Hin|der|nis**	die Hindernisse
	hin|ein	Geh hinein! **hi|nein**
es	**hing**	Karins Kleid hing an einem Haken. ➛ hängen
	hin|ken	Er hinkte mit seinem Gipsfuß nach Hause.
	hin|ten	hinten einsteigen, hinten sitzen
	hin|ter	hinter dem Haus; der Hintergrund
das	**Hirn**	die Hirne
der	**Hirsch**	die Hirsche
der	**Hirt**	(= der Hirte), die Herde des Hirten, die Hirten; der Hirtenstab
die	**Hit|ze**	bei großer Hitze arbeiten; die Hitzewelle
sie	**hob**	Katrin hob die Hand. ➛ heben
das	**Hob|by**	Meine Hobbys sind Zeichnen, Lesen und Reiten.

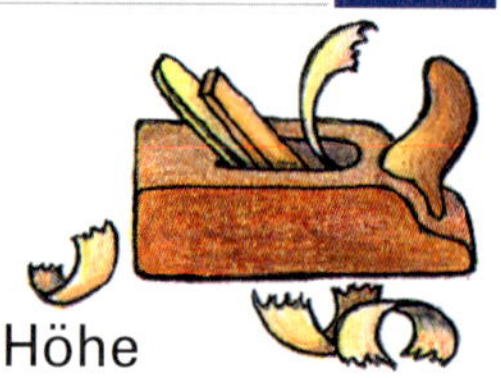

ho|beln	ich hoble, du hobelst, er hobelte; der Hobel
hoch	höher, am höchsten; hohe Bäume; die Höhe
die **Hoch|zeit**	die Hochzeiten; das Hochzeitspaar
ho|cken	Sie hockte auf dem Boden.
der **Ho|cker**	niedrige Hocker
der **Hof**	die Höfe
hof|fen	er hoffte; die Hoffnung; hoffentlich
höf|lich	höflicher, am höflichsten; die Höflichkeit
hohl	ein hohler Baumstamm
das **Hohl|maß**	 Mit Hohlmaßen wird die Menge von Flüssigkeiten gemessen.
die **Höh|le**	dunkle Höhlen
ho|len	Sie holte die Milch vom Bauernhof.
Hol|land	der Holländer, die Holländerin; holländischer Käse
die **Höl|le**	die Höllen; der Höllenlärm
das **Holz**	verschiedene Hölzer; der Holzfäller, die Holzkohle
der **Home|trai|ner**	Hometrainer sind Fitnessgeräte für zu Hause.
der **Ho|nig**	türkischer Honig
hor|chen	Sie horchte an der Tür.
hö|ren	er hörte; der Hörer, die Hörerin
das **Horn**	die Hörner
der **Hort**	die Horte
die **Ho|se**	kurze Hosen; der Hosenträger
das **Ho|tel**	die Hotels; das Hotelzimmer
hübsch	hübscher, am hübschesten; eine hübsche Bluse
der **Hub|schrau|ber**	die Hubschrauber
der **Huf**	die Hufe der Pferde; das Hufeisen
die **Hüf|te**	schmale Hüften
der **Hü|gel**	die Hügel; das Hügelland; eine hügelige Landschaft
das **Huhn**	die Hühner; das Hühnerei, der Hühnerstall
die **Hül|le**	die Hüllen; in Hülle und Fülle
die **Hül|se**	die Hülsen; die Hülsenfrucht
die **Hum|mel**	Die Hummeln fliegen von Blume zu Blume.
der **Hu|mor**	Humor haben; humorvolle Menschen
hum|peln	ich humple, du humpelst, er humpelte
der **Hund**	die Hunde

hun|dert  hundert Kinder, hundert Euro; der Hunderter

der **Hun|ger** Hunger haben; hungern; hungrig sein
die **Hu|pe** laute Hupen; hupen
hüp|fen Er hüpfte auf einem Bein.
hus|ten Ich hustete die ganze Nacht.
der Husten; der Hustensaft
der **Hut** die Hüte
hut|schen du hutsch(s)t, wir hutschten; die Hutsche
die **Hüt|te** kleine Hütten

	ich	ich und du; in der Ichform erzählen
die	**Idee**	gute Ideen haben
der	**Igel**	die Igel
der	**Ig|lu**	(= das Iglu) Iglus sind Häuser aus Schnee.

	ihm	Mirko hatte sich verirrt, ich zeigte ihm den Weg.
	ihn	Peter war krank, ich besuchte ihn.
	ih|nen	Die Eltern streichen den Zaun. Ich helfe ihnen.
	Ih|nen	Lieber Herr Doktor, nächste Woche werde ich Ihnen das Buch bringen. Guten Morgen, Frau Maier! Wie geht es Ihnen?
	ihr	Eva konnte die Rechnung nicht, ich half ihr.
	im	im Freien, im Sommer
der	**Im|ker**	Die Imker züchten Bienen.
	im|mer	Ich passe beim Radfahren immer auf.
	imp|fen	Der Arzt impfte den Patienten.
die	**Imp|fung**	notwendige Impfungen
	in	in die Schule gehen, zeitig in der Früh
der	**In|di|a|ner**	Die Indianer lebten früher in Zelten.
die	**In|dus|trie**	In Industrien werden verschiedene Waren hergestellt. **In|dust|rie**
die	**In|fek|ti|on**	harmlose Infektionen Die Infektion ist eine Ansteckung.
der	**In|ge|ni|eur**	Die Ingenieure überwachen den Brückenbau.
die	**In|ge|ni|eu|rin**	die Ingenieurinnen
der	**In|halt**	die Inhalte der Taschen ausleeren; der Inhalt einer Geschichte
das	**In|land**	der Inländer, die Inländerin; inländisch
der	**In|line|skate**	Inlineskates sind Rollschuhe mit vier hintereinander angeordneten Rädern.
	in|nen	Die Tür geht nach innen auf.
	Inns|bruck	Innsbruck ist die Landeshauptstadt von Tirol. der Innsbrucker, die Innsbruckerin; der Innsbrucker Bahnhof

das **In|sekt** Bienen und Mücken sind Insekten.
die **In|sel** Inseln sind von Wasser umgeben.
ins|ge|samt insgesamt nur zehn Euro haben
der **In|stal|la|teur** Die Installateure reparieren die Wasserleitung. **Ins|tal|la|teur**
die **In|stal|la|teu|rin** die Installateurinnen **Ins|tal|la|teu|rin**
in|stal|lie|ren Er installierte die Wasserleitung. **ins|tal|lie|ren**
das **In|stru|ment** die Instrumente; das Musikinstrument **Ins|tru|ment** **Inst|ru|ment**
in|tel|li|gent intelligenter, am intelligentesten; die Intelligenz
in|te|res|sie|ren Werner interessierte sich für den Vortrag. das Interesse; interessant **in|ter|es|sie|ren**
das **In|ter|nat** Internate sind Schülerheime.
in|ter|na|ti|o|nal internationale Wettkämpfe veranstalten
das **In|ter|net** Das Internet ist ein internationales Computernetzwerk, das Menschen auf der ganzen Welt verbindet.
das **In|ter|view** Interviews mit Politikern führen; interviewen
der **Inuk** (der Eskimo) Die Inuit wohnten früher in Iglus.
die **Inuk** die Inuit
ir|gend irgendetwas, irgendwann, irgendwer, irgendwo
Ir|land der Ire, die Irin; irische Bräuche
der **Irr|tum** die Irrtümer aufklären; irrtümlich
der **Is|lam** Der Islam ist eine Religion.
Is|land der Isländer, die Isländerin; isländische Ponys

er **isst** Patrick isst am liebsten Wurstsemmeln. Was isst du gern? ➛ essen

sie **ist** Wo ist Ulli? Sie ist in der Schule.
Ita|li|en der Italiener, die Italienerin; italienische Nudeln

	ja	Er ist ja noch so klein! Er sagte Ja. (= Er sagte ja.)
die	**Ja|cke**	im Winter warme Jacken anziehen
	ja|gen	Der Hund jagte einen Hasen. die Jagd
der	**Jä|ger**	Die Jäger kümmern sich um die Tiere im Wald.
die	**Jä|ge|rin**	die Jägerinnen
das	**Jahr**	viele Jahre; die Jahreszeit; jährlich
	jam|mern	ich jammere, er jammerte; der Jammer
der	**Jän|ner**	die 31 Tage des Jänner (= des Jänners)
	jä|ten	Die Gärtnerin jätete das Unkraut.
die	**Jau|che**	Felder oder Wiesen mit Jauche düngen
	jauch|zen	Du jauchzt laut. Er jauchzte vor Freude.
	jau|len	Der Hund jaulte.
die	**Jau|se**	köstliche Jausen; jausnen
der	**Jazz**	Jazz ist eine Musikart.
die	**Jeans**	(= die Jean) Meine Freundin trägt nur Jeans.
	je|de	jede Frau
	je|der	jeder Mann
	je|des	jedes Kind
	je|mand	Ist da jemand an der Tür?
	Je|sus	Jesus Christus; das Jesuskind
	jetzt	Es ist jetzt acht Uhr.
	jo|deln	ich jodle, du jodelst, er jodelte; der Jodler
das	**Jog|hurt**	(der Joghurt) (Jogurt), zwei Joghurts essen **Jo|ghurt**
das	**Jo|gurt**	(der Jogurt), die Jogurts ➛ das Joghurt
	ju|beln	ich juble, du jubelst, sie jubelte; der Jubel
	ju|cken	Der Gelsenstich juckte mich.
der	**Ju|de**	die Juden; die jüdische Religion
die	**Jü|din**	die Jüdinnen
die	**Ju|gend**	der Jugendliche, die Jugendliche; das Jugendrotkreuz; jugendlich
der	**Ju|li**	die heißen Tage des Juli (= des Julis)
	jung	jünger, am jüngsten; junge Katzen
der	**Ju|ni**	die 30 Tage des Juni (= des Junis)

Schreib **c** *- sprich* **k**: campen, Camping, Clown, Comics, Computer, Cousin, Cousine, Cowboy, Creme, Cola *Schreib* **ch** *- sprich* **k**: Chemie, China, Chor, Christ, Christin, Christus

das **Ka|bel** — die Kabel; das Kabelfernsehen
die **Ka|bi|ne** — die Kabinen; die Umkleidekabine
die **Ka|chel** — bunte Kacheln; der Kachelofen
der **Kä|fer** — die Käfer
der **Kaf|fee** — zwei Kaffee bestellen; verschiedene Kaffees
der **Kä|fig** — die Käfige reinigen; der Vogelkäfig
kahl — kahler, am kahlsten; ein kahler Baum

der **Kahn** — die Kähne; Kahn fahren

der **Kai** — Kais sind Uferstraßen.
der **Kai|ser** — die Kaiser; das Kaiserreich, der Kaiserschmarren
die **Kai|se|rin** — die Kaiserinnen
der **Ka|kao** — drei Kakao trinken; verschiedene Kakaos
der **Kak|tus** — stachelige Kakteen in der Wüste
das **Kalb** — die Kälber; das Kalbfleisch, das Kalbsschnitzel
der **Ka|len|der** — die Kalender aufhängen; Notizen im Kalender
kalt — kälter, am kältesten; die Kälte
er **kam** — Patrick kam pünktlich nach Hause. ➛ kommen
das **Ka|mel** — die Kamele
die **Ka|me|ra** — die Kameras; die Kamerafrau, der Kameramann
die **Ka|mil|le** — blühende Kamillen; der Kamillentee
der **Ka|min** — offene Kamine; das Kaminfeuer

der **Kamm** — die Kämme
Wir wanderten den Gebirgskamm entlang.

käm|men — Sie kämmte ihr Haar. Er kämmte sich das Haar.
der **Kampf** — die Kämpfe gewinnen
kämp|fen — Der Hund kämpfte um sein Revier.
der Kämpfer, die Kämpferin
kam|pie|ren — Wir kampierten am Waldrand.
der **Ka|nal** — die Kanäle

das **Kän|gu|ru** — Kängurus können sehr hoch und weit springen.
das **Ka|nin|chen** — die Kaninchen
der **Ka|nis|ter** — Er trug die Kanister mit Heizöl nach Hause.
sie **kann** — Sie kann sehr schön singen. ➛ können
die **Kan|ne** — große Kannen mit Wasser
er **kann|te** — Ivo kannte niemanden in der Klasse. ➛ kennen
die **Ka|no|ne** — alte Kanonen
die **Kan|te** — scharfe Kanten; kantige Steine

die **Ka|pel|le** — eine neue Kapelle, die Kapellen; das Kapellentor; der Kapellmeister

ka|pie|ren — Alina kapierte endlich, was passiert war.
der **Ka|pi|tän** — die Kapitäne auf den Schiffen
das **Ka|pi|tel** — Die Kapitel des Romans sind nummeriert.
die **Kap|pe** — die Kappen
die **Kap|sel** — die Kapseln; die Mohnkapsel; die Raumkapsel
ka|putt — ein kaputtes Glas
die **Ka|pu|ze** — die Kapuzen aufsetzen
der **Kar|fi|ol** — die Karfiolsuppe
ka|riert — karierte Blusen und Hemden, kariertes Papier
die **Ka|ri|es** — Zähne putzen verhindert Karies!
Kärn|ten — der Kärntner, die Kärtnerin; Kärntner Kinder; die kärntnerischen Bräuche
die **Ka|rot|te** — die Karotten; der Karottensaft
der **Karp|fen** — die Karpfen; der Karpfenteich
die **Kar|te** — die Karten; Karten spielen; das Kartenspiel
die **Kar|tof|fel** — Zu Kartoffeln kannst du auch Erdäpfel sagen.
der **Kar|ton** — alte Spielsachen in Kartons einpacken
der **Kä|se** — verschiedene Käse; die Käseglocke
der **Kas|perl** — lustige Kasperln; das Kasperltheater
die **Kas|sa** — (= die Kasse), die Kassen; der Kassier, die Kassierin; kassieren
die **Kas|ta|nie** — die Kastanien; der Kastanienbaum
der **Kas|ten** — die Kästen (= die Kasten)
die **Ka|tas|tro|phe** — die erschütternden Katastrophen — **Ka|ta|stro|phe**
der **Ka|ter** — Die Kater miauen.
ka|tho|lisch — katholische Priester; der Katholik, die Katholikin
die **Kat|ze** — Die Katzen jagen Mäuse.
kau|en — Er kaute gerne Kaugummi.
kau|fen — sie kaufte; der Kauf, der Käufer, die Käuferin; die Kauffrau, der Kaufmann, das Kaufhaus

	kaum	Das ist kaum zu glauben.
	keck	kecker, am kecksten; ein kecker Spatz
	ke|geln	ich kegle, du kegelst, er kegelte; der Kegel
die	**Keh|le**	die Kehlen; der Kehlkopf
	keh|ren	Er kehrte den Fußboden.
	kein	keiner, keine, keines; keine Angst haben
das	**Keks**	(= der Keks), süße Keks (= süße Kekse) backen
der	**Kel|ler**	die Keller; die Kellerstiege
der	**Kell|ner**	die Kellner
die	**Kell|ne|rin**	die Kellnerinnen
	ken|nen	du kennst, er kannte, wir haben gekannt; jemanden kennen lernen (= kennenlernen)
	ken|tern	ich kentere, er kenterte Die Fischer kentern mit ihrem Boot.

der	**Kern**	die Kerne; das Kernobst
die	**Ker|ze**	die Kerzen anzünden
der	**Kes|sel**	große Kessel zum Heizen
das	**Ket|chup**	(= der Ketchup), (= das Ketschup), die Ketchups
das	**Ket|schup**	(= der Ketschup), (= das Ketchup), die Ketschups
die	**Ket|te**	lange Ketten um den Hals tragen
	keu|chen	Er keuchte beim Laufen.
	ki|chern	ich kichere, sie kicherte
der	**Kie|fer**	(= das Kiefer), die Kiefer; die Kieferoperation

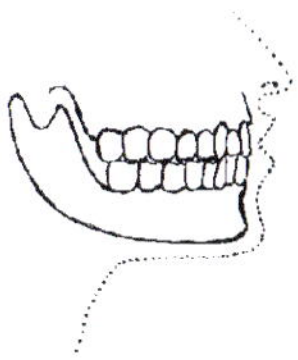

die	**Kie|fer**	hohe Kiefern; der Kiefernwald
die	**Kie|me**	Fische atmen durch ihre Kiemen.
der	**Kies**	die Kiesgrube, der Kiesstrand
das	**Ki|lo**	zehn Kilo (= zehn Kilos) ➛ das Kilogramm
das	**Ki|lo|gramm**	(das Kilo), zehn Kilogramm
der	**Ki|lo|me|ter**	zwölf Kilometer
das	**Kind**	die Kinder; das Kinderdorf, der Kindergarten; kindisch sein
das	**Kinn**	die Kinne; der Kinnhaken
das	**Ki|no**	die Kinos
der	**Ki|osk**	die Kioske; in den Kiosken am Bahnhof Zeitungen und Süßigkeiten kaufen
das	**Kip|fel**	(= das Kipferl), zwei Kipfel (= zwei Kipferln)
	kip|pen	Er kippte den Schotter in die Schottergrube.

die **Kirche** die Kirchen; der Kirchtag (= der Kirtag)
die **Kirsche** die Kirschen; der Kirschbaum
das **Kissen** weiche Kissen
die **Kiste** die Kisten ausräumen
das **Kitz** die Kitze; das Rehkitz
kitzeln Ich kitzle dich. Du kitzelst mich. Er kitzelte sie. kitzlige Kinder
die **Kiwi** reife Kiwis
klagen Er klagte über große Schmerzen. die Klage
Klagenfurt Klagenfurt ist die Landeshauptstadt von Kärnten. der Klagenfurter, die Klagenfurterin; der Klagenfurter Lindwurm
die **Klammer** Wörter in runde Klammern setzen
sie **klang** Die Musik klang wunderschön. ➛ klingen
die **Klappe** verschiedene Klappen; der Klappsessel
klappern ich klappere, er klapperte Sie klappert mit den Holzschuhen.
klar klarer, am klarsten; klares Wasser
die **Kläranlage** Kläranlagen reinigen verschmutztes Wasser.
klären Sie klärte einen Streit.
die **Klasse** die Klassen; das Klassenzimmer
klatschen du klatsch(s)t, er klatschte
klauben Er klaubte Erdäpfel. Sie klaubte Kastanien.
das **Klavier** die Klaviere; Klavier spielen können
kleben Er klebte das Foto in das Album.
der **Klebstoff** verschiedene Klebstoffe
klecksen Er kleckste Farbe aufs Papier. der Klecks
der **Klee** ein vierblättriges Kleeblatt finden
das **Kleid** die Kleider; der Kleiderhaken, die Kleidung
klein kleiner, am kleinsten; die Kleinigkeit
die **Klette** die Kletten auf der Wiese; der Klettverschluss
klettern sie kletterte; das Klettergerüst
das **Klima** die Klimas; das feuchte Klima im Regenwald
die **Klinge**  scharfe Klingen; die Messerklinge
klingeln ich klingle, du klingelst, er klingelte; die Klingel
klingen es klingt, es klang, es hat geklungen
die **Klinik** Kliniken sind Krankenhäuser.
die **Klinke** die Klinken an den Türen

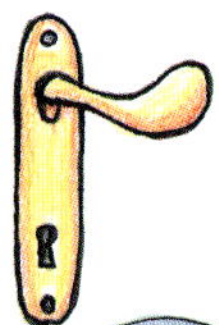

klir|ren Die Scheiben klirrten im Wind.
das **Klo** die Klos ➛ das Klosett
klop|fen Er klopfte an die Tür.
das **Klo|sett** (das Klo), die Klosette (= die Klosetts)
das **Klos|ter** die Klöster; die Klosterschwester

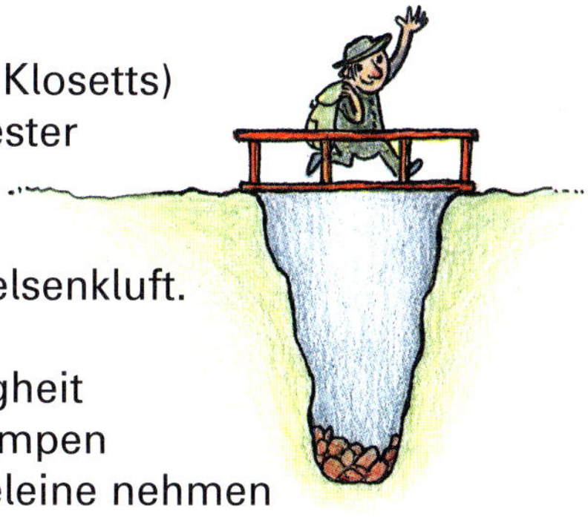

die **Kluft** tiefe Klüfte
Die Brücke führte über die Felsenkluft.

klug klüger, am klügsten; die Klugheit
der **Klum|pen** große Klumpen; der Goldklumpen
die **Klup|pe** die Kluppen von der Wäscheleine nehmen
knab|bern Ich knabbere Knäckebrot. Er knabberte Karotten.
der **Kna|be** die Knaben; der Knabenchor, die Sängerknaben
kna|cken Sie knackte Nüsse mit dem Nussknacker.
die Knackwurst
der **Knall** laute Knalle; mit der Peitsche knallen
knapp knapper, am knappsten

der **Knäu|el** (= das Knäuel), fünf dicke Knäuel Wolle

der **Knecht** Die Knechte arbeiteten im Stall.
kne|ten Die Köchin knetete den Teig.
kni|cken Der Wind knickte den Ast.
das **Knie** beide Knie verletzen; die Knieschützer
kni|en ich knie, du kniest, er kniete
knip|sen Ich knipste mit dem Fotoapparat.
knir|schen Du knirsch(s)t mit den Zähnen. Der Schnee
knirschte unter seinen Schuhen.
der **Knob|lauch** die Knoblauchsuppe, die Knoblauchzehe
der **Knö|chel** die Knöchel verstauchen
der **Kno|chen** die Knochen
der **Knö|del** einige Knödel essen
der **Knopf** die Knöpfe; das Knopfloch
die **Knos|pe** die Knospen der Blumen
der **Kno|ten** feste Knoten binden
knüp|fen David knüpfte ein Freundschaftsband.
knur|ren Der Hund knurrte.
knusp|rig knusprige Semmeln
der **Koch** die Köche
ko|chen Wir kochten eine Gemüsesuppe.
die **Kö|chin** die Köchinnen
der **Kof|fer** schwere Koffer tragen; der Kofferraum

der **Kohl** — der Kohlkopf, der Kohlrabi, die Kohlrübe
die **Koh|le** — die Kohlen; der Kohlenkeller
der **Kol|le|ge** — die Kollegen
die **Kol|le|gin** — die Kolleginnen
kol|lern — Der Ball kollerte den Hügel hinunter.
die **Ko|lon|ne** — lange Kolonnen von Autos in einem Stau
ko|misch — komischer, am komischsten; der Komiker, die Komikerin
kom|men — du kommst, er kam, ihr seid gekommen
der **Kom|mis|sar** — die Kommissare; das Kommissariat
die **Kom|mis|sa|rin** — die Kommissarinnen
die **Kom|mu|ni|on** — zur Kommunion gehen
der **Kom|pass** — Kompasse helfen bei der Orientierung.
der **Kom|post** — Komposte sind Dünger aus Abfällen; der Komposthaufen
das **Kom|pott** — Kompotte aus Marillen, Pfirsichen oder Kirschen
die **Kon|di|to|rei** — die Konditoreien; der Konditor, die Konditorin
der **Kö|nig** — die Könige; das Königreich
die **Kö|ni|gin** — die Königinnen
kön|nen — du kannst, er konnte, wir haben gekonnt
er **konn|te** — Patrick konnte besser turnen als Leo. ➛ können
die **Kon|ser|ve** — die Konserven; die Konservendose
die **Kon|trol|le** — die Kontrollen; etwas genau kontrollieren — **Kont|rol|le**
kon|zen|trie|ren — wir konzentrierten uns; die Konzentration — **kon|zent|rie|ren**
das **Kon|zert** — viele Konzerte besuchen
der **Kopf** — die Köpfe; ich stehe Kopf; das Kopfrechnen
die **Ko|pie** — viele Kopien; der Kopierer
ko|pie|ren — Die Lehrerin kopierte den Rechentest.
der **Korb** — die Körbe zum Einkaufen
das **Korn** — die Körner; die Kornblume
der **Kör|per** — die Körper; der Körperteil, die Körperpflege

kos|ten — Der Koch kostete die Suppe.
die Kostprobe; köstliche Speisen
Die Hose kostete 50 Euro.
hohe Kosten; kostbarer Schmuck

das **Kos|tüm** — schöne Kostüme
der **Kot** — der Kotflügel; kotige Schuhe
krab|beln — ich krabble, du krabbelst, er krabbelte
kra|chen — es krachte; der Krach
kräch|zen — Du krächzt vor Heiserkeit. Der Rabe krächzte.
die **Kraft** — die Kräfte; das Kraftfahrzeug
kräf|tig — kräftiger, am kräftigsten; ein kräftiges Pferd

der **Kra|gen** — die Kragen (= die Krägen)

die **Krä|he** — schwarze Krähen

krä|hen — Die Hähne krähten im Hühnerstall.

die **Kral|le** — scharfe Krallen

kra|men — Sie kramte in der Tasche.

der **Kram|pus** — die Krampusse

der **Kran** — hohe Kräne auf der Baustelle

krank — kränker, am kränksten; der Kranke, die Kranke; das Krankenhaus, die Krankheit

krän|ken — Er kränkte seine Schwester. Sie kränkte sich. die Kränkung; kränklich

der **Kranz** — die Kränze

der **Krap|fen** — süße Krapfen essen; der Faschingskrapfen

krat|zen — du kratzt, er kratzte sich; der Kratzer

krau|len — Eva kraulte ihren Hund.

das **Kraut** — Kraut kochen, Kraut mit Knödeln; der Krautkopf

das **Kraut** — die Kräuter im Garten; die Heilkräuter

die **Kra|wat|te** — färbige Krawatten

der **Krebs** — die Krebse

die **Krei|de** — die Kreiden

der **Kreis** — die Kreise; in der Luft kreisen

krei|schen — du kreisch(s)t, sie kreischte, eine kreischende Säge

die **Krem** — (= die Kreme, die Creme), die Kremen

der **Kren** — Würstel mit Kren

das **Kreuz** — die Kreuze; das Rote Kreuz

die **Kreu|zung** — die Kreuzungen

krie|chen — du kriechst, er kroch, wir sind gekrochen

der **Krieg** — die Kriege; keine Kriege führen; kriegerisch

der **Kri|mi** — spannende Krimis lesen; der Kriminalfilm

die **Krip|pe** — die Krippen im Wald; das Krippenspiel, die Futterkrippe *aber:* Karin hat Grippe.

krit|zeln — ich kritzle, du kritzelst, er kritzelte; die Kritzelei

Kro|a|ti|en — der Kroate, die Kroatin; die kroatische Küste

er **kroch** — Der Hund kroch unter den Tisch. ➛ kriechen

das **Kro|ko|dil** — die Krokodile

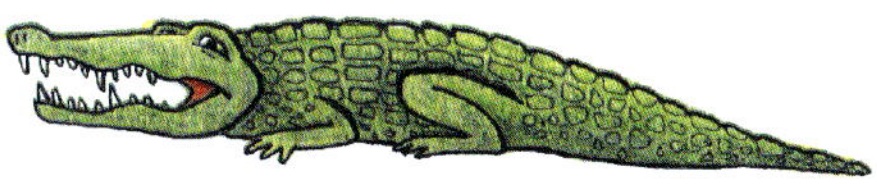

die **Kro|ne** — goldene Kronen; die Krone des Baumes; die Zahnkrone

krö|nen — Früher krönte der Papst den Kaiser.

die **Krö|te** braune Kröten
die **Krü|cke** mit Krücken gehen
der **Krug** die Krüge mit Wasser füllen
der **Kü|bel** zwei Kübel mit Wasser
die **Kü|che** die Küchen; das Küchengeschirr
der **Ku|chen** süße Kuchen backen
das **Kü|cken** (= das Küken), die Kücken
der **Ku|ckuck** die Kuckucke; die Kuckucksuhr
die **Ku|fe** Schlitten und Eislaufschuhe haben Kufen.
die **Ku|gel** die Kugeln; der Kugelschreiber
die **Kuh** die Kühe; der Kuhstall
kühl kühler, am kühlsten; der Kühlschrank
das **Kü|ken** (= das Kücken), die Küken

der **Ku|ku|ruz** Zu Kukuruz kannst du auch Mais sagen.
der Kukuruzkolben, das Kukuruzfeld

der **Küm|mel** Der Bäcker würzt das Brot mit Kümmel.
der **Kum|mer** großen Kummer haben
sich **küm|mern** ich kümmere mich, sie kümmerte sich
der **Kun|de** (= die Kunde), die Kunden im Supermarkt

kün|di|gen Der Chef kündigte den Angestellten.
die **Kün|di|gung** die Kündigungen der Angestellten
die **Kun|din** die Kundinnen
die **Kunst** die Künste; der Künstler, die Künstlerin; das Kunststück; künstlich
die **Kur** die Kuren; der Kurort
kur|beln ich kurble, du kurbelst, er kurbelte; die Kurbel
der **Kür|bis** die Kürbisse
der **Kurs** Kurse für Malen und Zeichnen besuchen
die **Kur|ve** die Kurven; kurvige Straßen
kurz kürzer, am kürzesten; die Kürze
ku|scheln ich kuschle, du kuschelst, er kuschelte; das Kuscheltier; kuschelige Decken
die **Ku|si|ne** (= die Cousine), die Kusinen
der **Kuss** die Küsse
küs|sen du küsst, er küsste
die **Küs|te** die Küsten der Meere; die Küstenstraße
die **Kut|sche** die Kutschen; der Kutscher, die Kutscherin
das **Ku|vert** mehrere Kuverts

	lächeln	ich lächle, du lächelst, er lächelte; lächerlich
	lachen	Sie lachte herzlich.
der	**Lack**	verschiedene Lacke; lackieren
die	**Lacke**	Tiefe Lacken bilden sich durch starken Regen.
die	**Lade**	die Laden; die Schublade
	laden	du ladest (= du lädst), er lud, wir haben geladen; die Ladung
der	**Laden**	in Läden einkaufen; die Fensterläden schließen
du	**lädst**	(= du ladest) ➛ laden
sie	**lag**	Julia lag auf der Wiese. ➛ liegen
das	**Lager**	die Lager; das Lagerfeuer
	lagern	ich lagere, er lagerte
	lahm	ein lahmes Bein; lahmen
die	**Lähmung**	die Lähmungen nach einem Unfall
der	**Laib**	ein Laib Brot, zwei Laibe Brot *aber:* der Leib; die Leibesübungen
	laichen	Die Fische und Frösche laichten im Teich.
das	**Lama**	Die Lamas leben in Amerika.
das	**Lamm**	die Lämmer; das Lammfell
die	**Lampe**	die Lampen; der Lampenschirm
der	**Lampion**	viele Lampions im Garten aufhängen
das	**Land**	viele Länder; die Landschaft, die Landstraße
	landen	Das Flugzeug landete pünktlich.
die	**Landung**	sanfte Landungen
der	**Landwirt**	die Landwirte; die Landwirtschaft
die	**Landwirtin**	die Landwirtinnen
	lang	länger, am längsten; die Länge
	langsam	langsamer, am langsamsten; die Langsamkeit
	langweilen	Benno langweilte sich auf der Party. die Langweile (die Langeweile)
	langweilig	langweiliger, am langweiligsten
der	**Lappen**	die Lappen; der Putzlappen, der Waschlappen
der	**Laptop**	(= das Laptop) Laptops sind tragbare PCs zum Aufklappen.

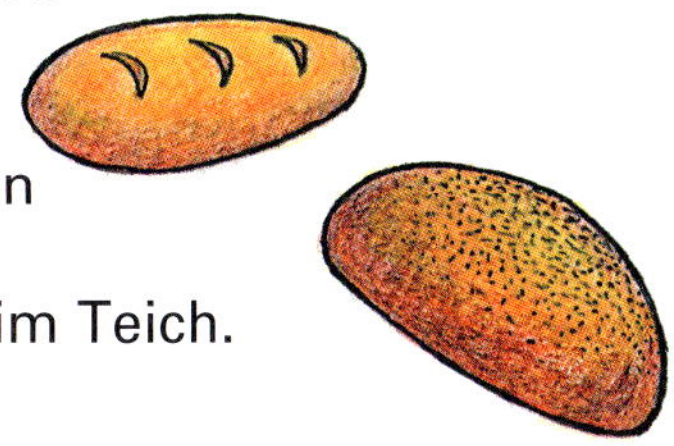

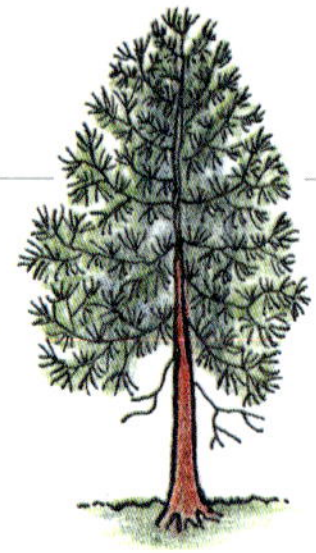

die **Lärche** hohe Lärchen; das Lärchenholz, der Lärchenwald
aber: singende Lerchen

der **Lärm** keinen Lärm machen; lärmende Maschinen

die **Larve** die Larven
Aus Larven entwickeln sich Schmetterlinge und andere Insekten.
eine Larve vor dem Gesicht tragen

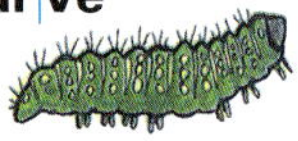

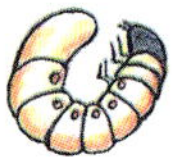

sie **las** Julia las ein spannendes Buch. ➛ lesen
lassen du lässt, er ließ, ihr habt gelassen
du **lässt** Du lässt die Katze in den Hof. ➛ lassen
die **Last** schwere Lasten; das Lastauto
lästig lästiger, am lästigsten; eine lästige Gelse
die **Laterne** Wir zünden unsere Laternen an.
die **Latsche** Latschen sind Nadelbäume im Hochgebirge.
die **Latte** die Latten; der Lattenzaun
lau lauer, am lauesten; lauwarme Milch trinken
das **Laub** der Laubbaum, der Laubfrosch, die Laubsäge
lauern ich lauere, sie lauerte; auf der Lauer liegen
der **Lauf** die Läufe; der Läufer, die Läuferin
laufen du läufst, er lief, wir sind gelaufen
du **läufst** Du läufst auf der Landstraße. ➛ laufen
die **Laus** die Läuse; der Lausbub
lauschen Du lausch(s)t an der Tür. Er lauschte an der Wand.
laut lauter, am lautesten; laute Musik
der **Laut** Laute hören und unterscheiden können
läuten Die Kirchenglocken läuteten.
die **Lawine** die Lawinen; der Lawinenhund
leben Mustafa lebte früher in einem anderen Land.
das Leben; die Lebensmittel; lebhaft, lebendig
die **Leber** Die Leber reinigt unser Blut von Giftstoffen.
der **Lebkuchen** süße Lebkuchen kaufen
das **Leder** verschiedene Leder; die Lederhose
ledig Mein Bruder ist verheiratet, ich bin noch ledig.
leer ein leerer Sack

leeren Wir leerten Mist in den Kübel.

legen Sie legte sich ins Bett.
lehnen Robert lehnte sein Fahrrad an die Hausmauer.

die **Leh|ne**	die Lehnen; der Lehnstuhl, die Sessellehne
leh|ren	Der Lehrer lehrte seine Schüler das Alphabet. die Lehre, der Lehrling
der **Leh|rer**	die Lehrer
die **Leh|re|rin**	die Lehrerinnen
der **Leib**	die Leiber; das Leibchen; die Leibesübungen *aber:* ein Laib Brot

die **Lei|che**	die Leichen; der Leichnam
leicht	leichter, am leichtesten; leichte Rechenaufgaben
leicht|sin|nig	leichtsinniger, am leichtsinnigsten; der Leichtsinn
das **Leid**	Freud und Leid
lei|den	du leidest, sie litt, wir haben gelitten; das Leiden
lei|der	leider krank sein, leider etwas absagen müssen
leid|tun	Es tut mir leid. Das wird dir leidtun.
lei|hen	du leihst, er lieh, ihr habt geliehen
der **Leim**	verschiedene Leime; den Sessel leimen
die **Lei|ne**	die Leinen; die Hundeleine, die Wäscheleine
das **Lei|nen**	mehrere Leinen; das Leintuch, die Leinwand
lei|se	leiser, am leisesten; eine leise Stimme
die **Leis|te**	Leisten aus Holz
lei|ten	Er leitete die Firma. der Leiter, die Leiterin, die Leitung
die **Lei|ter**	die Leitern; eine Leiter an einen Baum lehnen
len|ken	ich lenkte; der Lenker, die Lenkerin, das Lenkrad
der **Le|o|pard**	Die Leoparden leben in Afrika.
die **Ler|che**	der Gesang der Lerche, die Lerchen *aber:* Im Wald stehen viele Lärchen.

ler|nen	Sie lernte Klavier spielen.
le|sen	du liest, sie las, wir haben gelesen; das Lesebuch, der Leser, die Leserin
letz|te	das letzte Haus in der Straße, das letzte Mal; der Letzte, die Letzte
leuch|ten	Die Sterne leuchteten am Himmel. die Leuchte, der Leuchter; der Leuchtturm
die **Leu|te**	Viele Leute fahren mit dem Zug.
das **Le|xi|kon**	In Lexika werden Wörter erklärt.
das **Licht**	die Lichter

das **Lid** – beide Lider; das Augenlid
aber: ein Lied singen

lieb – lieber, am liebsten; ein lieber Gruß

die **Liebe** – die Liebe der Eltern; der Liebesbrief

lieben – Er liebte sie.

das **Lied** – schöne Lieder singen; das Liederbuch
aber: die Lider schließen

er **lief** – Patrick lief schnell nach Hause. ➛ laufen

liefern – ich liefere, er lieferte; die Lieferung

liegen – du liegst, er lag, sie ist gelegen; der Liegestuhl

sie **lieh** – Julia lieh mir ihre Lieblingskassette. ➛ leihen

er **ließ** – Benjamin ließ den Drachen steigen. ➛ lassen

sie **liest** – Veronika liest eine gruselige Geschichte. ➛ lesen

der **Lift** – die Lifte

lila – eine lila Blume

die **Lilie** – gelbe Lilien

die **Limonade** – süße Limonaden

die **Linde** – blühende Linden; der Lindenbaum

das **Lineal** – die Lineale

die **Linie** – die Linien; ein liniertes Heft

links – auf der Straße links gehen; die linke Hand; der Linkshänder, die Linkshänderin

die **Linse** – die Linsen; die Linsensuppe, die Kontaktlinsen

Linz – Linz ist die Landeshauptstadt von Oberösterreich. der Linzer, die Linzerin; Linzer Kinder, der Linzer Dom

die **Lippe** – die Lippen; der Lippenstift

die **Liste** – lange Listen schreiben

der **Liter** – (= das Liter), drei Liter Milch kaufen

er **litt** – Walter litt an einem starken Husten. ➛ leiden

das **Lob** – Lisa bekam viel Lob für ihre Idee.

loben – Die Lehrerin lobte die fleißigen Kinder.

das **Loch** – die Löcher in den Socken; ein tiefes Loch graben

die **Locke** – die Locken; die Lockenwickler; lockiges Haar

locken – Die Hexe lockte die Kinder ins Haus.

locker – lockerer, am lockersten; eine lockere Schraube

der **Löffel** – die Löffel

löffeln – ich löffle, du löffelst, er löffelte; die Suppe löffeln

sie **log** – Pippi Langstrumpf log sehr oft. ➛ lügen

die	**Lok**	die Loks ➛ die Lokomotive
die	**Lo|ko|mo|ti|ve**	(= die Lok), die Lokomotiven; der Lokomotivführer, die Lokomotivführerin

	los	Auf die Plätze, fertig, los! Es geht los.
das	**Los**	einige Lose kaufen
	lö|schen	Du lösch(s)t die Tafel. Er löschte das Feuer. das Löschblatt
	lö|sen	Der Schaffner löste die Fahrkarten. Rätsel lösen; die Lösung
	lö|ten	Der Spengler lötete die kaputte Dachrinne.
das	**Lot|to**	im Lotto gewinnen
der	**Lö|we**	die Mähne des Löwen, die Löwen
der	**Luchs**	Luchse sind Raubkatzen.
die	**Lü|cke**	kleine Lücken füllen
er	**lud**	Tino lud das Gepäck in den Kofferraum. ➛ laden
die	**Luft**	die Lüfte; der Luftballon, der Luftdruck
	lüf|ten	Die Hausfrau lüftete die Wohnung.
	lü|gen	du lügst, er log, sie hat gelogen; die Lüge
	lüm|meln	ich lümmle, du lümmelst, er lümmelte Der Lümmel saß lässig an der Hochzeitstafel.
die	**Lun|ge**	kräftige Lungen; die Lungenentzündung
die	**Lu|pe**	Lupen sind Vergrößerungsgläser.
	lus|tig	lustiger, am lustigsten; ein lustiger Clown
der	**Lus|ter**	die Luster aus Kristall
	lut|schen	du lutsch(s)t, er lutschte; der Lutscher
der	**Lu|xus**	im Luxus leben; eine luxuriöse Wohnung

ma|chen	Julia machte die Aufgabe.
mäch|tig	mächtiger, am mächtigsten; die Macht
das **Mäd|chen**	die Mädchen
die **Ma|de**	Maden sind Larven von Insekten.
er **mag**	Axel mag gern Bananen. ➛ mögen
die **Magd**	Die Mägde halfen am Bauernhof.
der **Ma|gen**	die Mägen
der **Mag|net**	Magnete ziehen Eisen an. **Ma|gnet** magnetisch
die **Mahd**	die Mahden; die Heumahd Die Bauern sind am Feld bei der Mahd.
mä|hen	Sie mähten das Feld mit dem Mähdrescher.
das **Mahl**	die Mähler; die Mahlzeit; das Nachtmahl
mah|len	Kaffee mahlen Der Müller mahlte Getreide. *aber:* Bilder malen

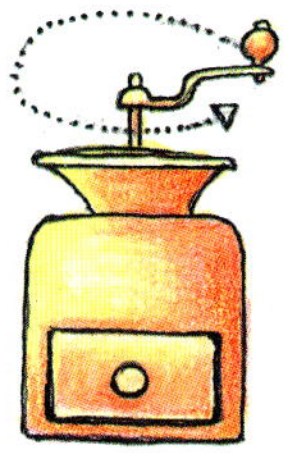

die **Mäh|ne**	die Mähnen der Pferde
der **Mai**	die ersten Tage des Mai (= des Mais = des Maies); das Maiglöckchen
der **Mais**	Der Mais wird auch Kukuruz genannt. der Maiskolben
die **Ma|jo|nä|se**	(= die Mayonnaise), die Majonäsen
mal	Zwei mal fünf ist zehn.
das **Mal**	Ich war schon einige Male im Zoo. das erste Mal
ma|len	Sie malte Bilder. der Maler, die Malerin, die Malerei; die Malfarben *aber:* Kaffee mahlen

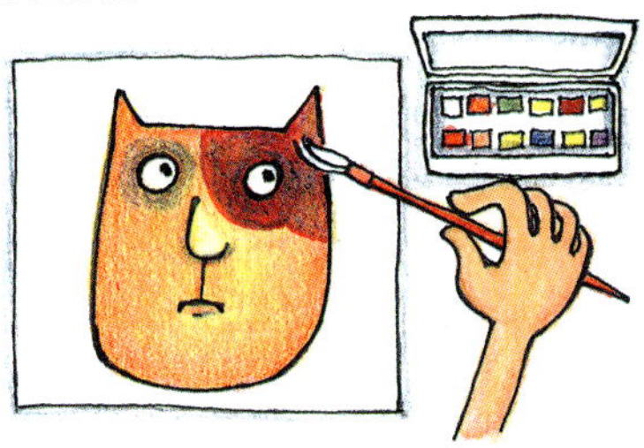

die **Ma|ma**	Ich sage zu meiner Mutter Mama.
man	Da kann man nichts machen!
manch	manche Frau, mancher Mann, manches Kind, manche Leute

manch|mal manchmal Fehler machen
die **Man|del** die Mandeln; der Mandelbaum; die Mandelentzündung
der **Mann** die Männer; die Mannschaft; männlich
der **Man|tel** die Mäntel
die **Map|pe** rote Mappen
das **Mär|chen** die Märchen; das Märchenbuch; märchenhaft
die **Mar|ga|ri|ne** Margarine ist ein Pflanzenfett.
die **Mar|ge|ri|te** Viele Margeriten blühen auf der Wiese.
die **Ma|ril|le** reife Marillen; der Marillenbaum
die **Mar|ke** wertvolle Marken; die Markensammlung
mar|kie|ren Der Förster markierte den Wanderweg.
die **Mar|kie|rung** die Markierungen am Straßenrand
der **Markt** die Märkte; der Marktplatz
die **Mar|me|la|de** verschiedene Marmeladen; das Marmeladeglas
die **Ma|ro|ni** heiße Maroni kaufen
der **Marsch** die Märsche
mar|schie|ren Die Musikanten marschierten im Gleichschritt.
der **März** die sonnigen Tage des März (= des Märzes); der Märzenbecher
das **Mar|zi|pan** das Marzipanschweinchen
die **Ma|sche** blaue Maschen; das Mascherl
die **Ma|schi|ne** lärmende Maschinen
die **Ma|sern** Masern sind eine Kinderkrankheit.
die **Mas|ke** gruselige Masken; der Maskenball
sie **maß** Ruth maß genau mit dem Maßband. ➛ messen
das **Maß** verschiedene Maße; das Maßband, der Maßstab
die **Mas|sa|ge** mit Massagen Rückenschmerzen lindern
die **Mas|se** große Massen einer Ware erzeugen
mas|sie|ren Er massierte die Beine des Sportlers. der Masseur, die Masseurin (= die Masseuse)

der **Mast** die Masten (= die Maste); der Strommast

die **Mast** die Masten; das Mastvieh; mästen

das **Ma|te|ri|al** die Materialien zum Basteln vorbereiten
die **Ma|the|ma|tik** das Mathematikbuch
die **Ma|trat|ze** weiche Matratzen; das Matratzenlager **Mat|rat|ze**
der **Ma|tro|se** die Matrosen auf den Schiffen **Mat|ro|se**
matt matter, am mattesten; sich matt fühlen

die	**Mat|te**	raue Matten; die Turnmatte
die	**Mau|er**	alte Mauern
	mau|ern	Ich mauere eine Hütte. Er mauerte ein Haus.
das	**Maul**	die Mäuler; der Maulkorb
der	**Maul|wurf**	die Maulwürfe; der Maulwurfshügel
der	**Mau|rer**	die Maurer
die	**Mau|re|rin**	die Maurerinnen
die	**Maus**	graue Mäuse Für meine Maus habe ich ein Mauspad.

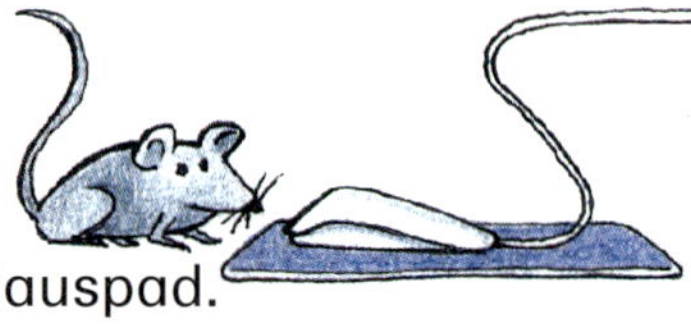

die	**Ma|yon|nai|se**	(= die Majonäse), die Mayonnaisen
der	**Me|cha|ni|ker**	die Mechaniker; mechanische Uhren
die	**Me|cha|ni|ke|rin**	die Mechanikerinnen
	me|ckern	ich meckere, sie meckerte Die Ziege meckerte im Stall.
die	**Me|dail|le**	bei Wettkämpfen viele Medaillen gewinnen
das	**Me|di|ka|ment**	viele Medikamente aus der Apotheke holen
die	**Me|di|zin**	heilende Medizinen
das	**Meer**	große Meere; im Meer schwimmen *aber:* mehr lesen

das	**Mehl**	verschiedene Mehle; die Mehlspeise; mehlig
	mehr	Eva soll mehr schlafen. ➛ viel mehrere Kinder; die Mehrheit, die Mehrzahl *aber:* das tiefe Meer
	mein	mein Heft, meine Buntstifte
	mei|nen	Er meinte, dass er Recht hat.
die	**Mei|nung**	verschiedene Meinungen hören
die	**Mei|se**	singende Meisen
	meist	am meisten wissen ➛ viel
	meis|tens	(= meist), meistens Recht haben
der	**Meis|ter**	die Meister; die Meisterschaft
die	**Meis|te|rin**	die Meisterinnen
	mel|den	Er meldete den Unfall. Ich meldete mich. der Meldezettel, die Meldung
	mel|ken	du melkst, er molk (= er melkte), sie hat gemolken (= sie hat gemelkt); die Melkmaschine
die	**Me|lo|die**	schöne Melodien spielen
die	**Me|lo|ne**	saftige Melonen; die Wassermelone
die	**Men|ge**	große Mengen von Schafen

der	**Mensch**	die Menschen; die Menschlichkeit; menschlich	
	mer|ken	Er merkte sich alles.	
	merk|wür|dig	merkwürdiger, am merkwürdigsten; ein merkwürdiger Mensch	
der	**Mes|ner**	(= der Messner) Die Mesner helfen in der Kirche.	
die	**Mes|ne|rin**	(= die Messnerin), die Mesnerinnen	
die	**Mes|se**	die Messen; die heilige Messe	
	mes|sen	du misst, er maß, sie hat gemessen	
das	**Mes|ser**	spitze Messer	
das	**Me|tall**	verschiedene Metalle	
der	**Me|ter**	(= das Meter), zwei Meter lang; das Metermaß	
die	**Met|te**	Metten sind Gottesdienste am Heiligen Abend.	
	mi|au|en	Die Katze miaute.	
	mich	Sie gehen ohne mich ins Kino.	
die	**Mie|ne**	fröhliche oder traurige Mienen machen *aber:* die Mine des Bleistifts	

	mie|ten	Doris und Stefan mieteten ein Boot. die Miete, der Mieter, die Mieterin	
das	**Mi|kro|fon**	(= das Mikrophon), die Mikrofone	**Mik|ro|fon**
das	**Mi|kro|phon**	(= das Mikrofon), die Mikrophone	**Mik|ro|phon**
das	**Mi|kro|skop**	Durch Mikroskope können wir winzige Tiere vergrößert sehen.	**Mik|ros|kop**
die	**Mi|kro|wel|le**	die Mikrowellen Im Mikrowellenherd können Speisen schnell erwärmt werden.	**Mik|ro|wel|le**
die	**Milch**	viel Milch trinken; der Milchzahn	
	mild	milder, am mildesten; ein milder Winter	
das	**Mi|li|tär**	Das Militär verteidigt das Land.	
der	**Mil|li|me|ter**	Ein Zentimeter hat zehn Millimeter.	
die	**Mil|li|on**	einige Millionen; der Millionär, die Millionärin	
die	**Mi|ne**	die Minen der Bleistifte; mit Minen Gestein sprengen *aber:* eine ernste Miene	

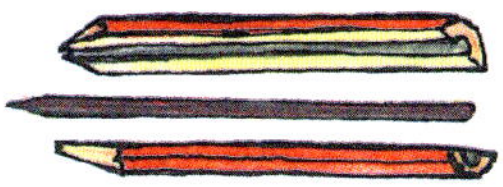

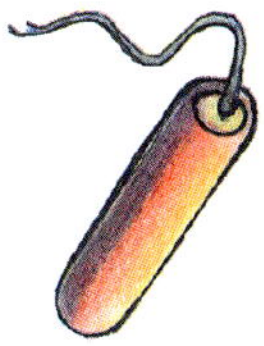

der	**Mi|nis|trant**	Die Ministranten helfen dem Pfarrer.	**Mi|nist|rant**
die	**Mi|nis|tran|tin**	die Ministrantinnen	**Mi|nist|ran|tin**
die	**Mi|nu|te**	zwei Minuten; der Minutenzeiger	
	mir	Willst du mit mir spielen?	

mi|schen du misch(s)t, er mischte
miss|ach|ten Der Autofahrer missachtete eine Verkehrsregel.
miss|glü|cken Der Versuch missglückte.
sie **misst** Eva misst mit dem Lineal sehr genau. ➛ messen
miss|trau|en Der Lehrer misstraute der Ruhe.
das Misstrauen
das **Miss|ver|ständ|nis** Wir konnten die Missverständnisse aufklären.
der **Mist** den Mist wegwerfen; der Mistkübel
mit mit dem Rad fahren

mit… *Wenn du ein Wort mit* **mit-** *nicht in der alphabetischen Reihenfolge findest, mache es so:*
Du suchst mitkommen, *schlag nach bei* **kommen***!*
Du suchst mitspielen, *schlag nach bei* **spielen***!*

mit|ein|an|der miteinander lernen **mit|ei|nan|der**
das **Mit|glied** die Mitglieder einer Gruppe
der **Mit|laut** b, d, f, g sind Mitlaute.
das **Mit|leid** mit anderen Mitleid haben
der **Mit|tag** die Mittage; heute Mittag; das Mittagessen
mit|tags Die Arbeiter essen mittags immer in der Kantine.
die **Mit|te** die Mitternacht, der Mittelpunkt
der **Mitt|woch** die Mittwoche; am Mittwochabend
mitt|wochs Wir besuchen mittwochs immer unsere Oma.
mi|xen du mixt, er mixte; der Mixer
das **Mö|bel** die Möbel; das Möbelhaus
er **moch|te** Paul mochte nicht schlafen gehen. ➛ mögen
die **Mo|de** die neuesten Moden
das **Mo|dell** die Modelle; die Modelleisenbahn
mo|dern moderner, am modernsten; moderne Pullis
mö|gen ich mag, er mochte, ihr habt gemocht
(= ihr habt mögen)
mög|lich „Das kann doch nicht möglich sein!", rief Margit.
die Möglichkeit
Mo|ham|med Mohammed gründete den Islam.
der **Mohn** die Mohnblume
sie **molk** Die Bäuerin molk die Kühe. ➛ melken
die **Mol|ke|rei** Die Molkereien liefern Milch, Butter und Joghurt.
der **Mo|nat** die zwölf Monate des Jahres; monatlich
der **Mönch** Die Mönche leben im Kloster.
der **Mond** die Monde; der Mondschein; mondsüchtig sein
der **Mo|ni|tor** Monitore sind Bildschirme (von Computern).
das **Mons|ter** Drei Monster tanzen auf dem Gespensterball.

der **Mon|tag** die Montage; am Montagabend
mon|tags Kerstin spielt montags immer Tennis.
mon|tie|ren Der Vater montierte einen neuen Reifen.
das **Moor** tiefe Moore
das **Moos** die Moose; ein moosiger Boden
das **Mo|ped** Viele Mopeds fahren auf der Straße.
der **Mord** die Morde; der Mörder, die Mörderin
mor|den Die Verbrecher stahlen und mordeten.
mor|gen Ich besuche dich nicht heute, sondern morgen. der morgige Tag
der **Mor|gen** die Morgen; am Morgen Guten Morgen!
mor|gens Christa sieht sich morgens immer in den Spiegel.
morsch morscher, am morschesten; ein morscher Baum

die **Mo|schee** Moscheen sind islamische Bethäuser.
der **Mos|lem** (= der Muslim), die Moslems: Anhänger der Religionsgemeinschaft des Islam
die **Mos|li|min** (= die Muslimin), die Musliminnen
der **Mo|tor** starke Motoren; das Motorboot, das Motorrad
die **Mot|te** Motten zerfressen die Kleidung.
die **Mö|we** Weiße Möwen fliegen über das Meer.
die **Mü|cke** kleine Mücken; der Mückenstich
mü|de müder, am müdesten; die Müdigkeit
die **Mü|he** Gib dir bitte mehr Mühe!
mu|hen Die Kühe muhten beim Melken.
die **Müh|le** alte Mühlen
müh|sam mühsamer, am mühsamsten
der **Müll** den Müll trennen; die Müllabfuhr
der **Mül|ler** die Müller
die **Mül|le|rin** die Müllerinnen
die **Mul|ti|pli|ka|ti|on** viele Multiplikationen üben **Mul|tip|li|ka|ti|on**
mul|ti|pli|zie|ren Peter multiplizierte die beiden Zahlen. **mul|tip|li|zie|ren**
der **Mund** die Münder; die Mundart, die Mundharmonika; mündlich
mün|den Der Fluss mündete in den See.
die **Mün|dung** die Mündungen; die Flussmündung
mun|ter munterer, am muntersten; muntere Kinder
die **Mün|ze** verschiedene Münzen
die **Mu|re** Nach dem Regen rissen Muren Bäume mit sich.

mur|meln ich murmle, du murmelst, er murmelte
mur|ren er murrte; ein mürrischer Mensch
die **Mu|schel** Muscheln sind Meerestiere.
das **Mu|se|um** viele Museen besichtigen
das **Mu|si|cal** die Musicals
Ein Musical ist Musiktheater mit schwungvollen Tänzen.
die **Mu|sik** die Musiken; der Musikant, die Musikantin; die Musikkapelle; musikalisch sein
mu|si|zie|ren Die ganze Familie musizierte zu Weihnachten.
der **Mus|kel** die Muskeln trainieren; ein muskulöser Körper
der **Mus|lim** (= der Moslem), die Muslime
die **Mus|li|min** (= die Moslimin), die Musliminnen
sie **muss** Karin muss auf den Bus warten. ➛ müssen
müs|sen du musst, er musste, wir haben müssen
er **muss|te** Er musste vorige Woche ins Spital. ➛ müssen
das **Mus|ter** verschiedene Muster
der **Mut** Er hat uns Mut gemacht.
mu|tig mutiger, am mutigsten; mutige Seefahrer

die **Mut|ter** die Mütter; der Muttertag

die **Mut|ter**  eiserne Muttern; die Schraubenmutter

die **Müt|ze** warme Mützen aufsetzen

der **Na|bel** die Näbel (= die Nabel); die Nabelschnur
nach nach dem Mittagessen; nach Wien fahren

nach... *Wenn du ein Wort mit* **nach-** *nicht in der alphabetischen Reihenfolge findest, mache es so:*
Du suchst nachdenken, *schlag nach bei* **denken**!
Du suchst nachtragen, *schlag nach bei* **tragen**!

nach|ah|men Wir ahmten verschiedene Tiere nach.
der **Nach|bar** die Nachbarn
die **Nach|ba|rin** die Nachbarinnen
nach|dem Patrick kam, nachdem Julia gegangen war.
nach|ein|an|der nacheinander anstellen **nach|ei|nan|der**
die **Nach|er|zäh|lung** die Nacherzählungen
der **Nach|fol|ger** die Nachfolger
die **Nach|fol|ge|rin** die Nachfolgerinnen
nach Hau|se (= nachhause), nach Hause gehen
nach|her Kannst du nachher zu mir kommen?
die **Nach|hil|fe** die Nachhilfen; die Nachhilfestunde
nach|läs|sig nachlässiger, am nachlässigsten
der **Nach|mit|tag** die Nachmittage; am Nachmittag spielen; heute Nachmittag
nach|mit|tags Sie ist nachmittags immer müde.
der **Nach|na|me** (= der Nachnamen), die Nachnamen
Julias Nachname ist Hofbauer.
die **Nach|richt** die neuesten Nachrichten
nach|schau|en Wir schauten im Lexikon nach.
nach|schla|gen Schlag im Wörterbuch nach! ➛ schlagen
die **Nach|sil|be** -ig, -lich, -nis, -ung sind Nachsilben.
die **Nach|spei|se** süße Nachspeisen
nächst das nächste Mal, der nächste Bub in der Reihe
Der Nächste, bitte!
die **Nacht** die Nächte; in der Nacht, heute Nacht
nachts Alex wird nachts immer munter, weil er Angst hat.

die **Nach|ti|gall** singende Nachtigallen

der	**Na|cken**	die Nacken
	nackt	nackte Füße; die Nacktheit
die	**Na|del**	die Nadeln; der Nadelbaum, das Nadelöhr
der	**Na|gel**	die Nägel
	na|geln	ich nagle, du nagelst, er nagelte
	na|gen	Der Biber nagte an einem Holzstück.
das	**Na|ge|tier**	Nagetiere haben scharfe Zähne.
	nah	(= nahe), näher, am nächsten
die	**Nä|he**	in der Nähe wohnen
	nä|hen	Ich nähte ein Kleid. die Nähmaschine, die Nähnadel
sie	**nahm**	Vera nahm ihre Tasche und ging. ➛ nehmen
die	**Nah|rung**	das Nahrungsmittel; nahrhaft
die	**Naht**	feste Nähte
der	**Na|me**	(= der Namen), die Schreibung des Namens, die Namen; der Namenstag, das Namenwort
	näm|lich	Ich drehte die Heizung auf, es war nämlich kalt.
er	**nann|te**	Fabian nannte seinen Hund Bello. ➛ nennen
die	**Nar|be**	lange Narben
die	**Nar|ko|se**	starke Narkosen Vor der Operation bekam er eine Narkose.
102 der	**Narr**	das Kostüm des Narren, die Narren im Fasching
die	**När|rin**	die Närrinnen
	när|risch	närrischer, am närrischsten; ein närrischer Clown
die	**Nar|zis|se**	Die Narzissen blühen im Garten.
	na|schen	Du nasch(s)t Kekse. Sie naschte heimlich. die Nascherei; naschhaft
die	**Na|se**	große Nasen
das	**Nas|horn**	Die Nashörner haben eine dicke Haut.
	nass	nasser (= nässer), am nassesten (= am nässesten); nasse Wäsche
die	**Na|ti|on**	verschiedene Nationen; der Nationalfeiertag
die	**Nat|ter**	Nattern sind Schlangen.
die	**Na|tur**	der Naturschutz
	na|tür|lich	natürlicher, am natürlichsten; die Natürlichkeit Natürlich kannst du morgen kommen!
der	**Ne|bel**	dichte Nebel; der Nebelscheinwerfer; nebelig
	ne|ben	Du gehst neben mir. Du setzt dich neben mich.
	ne|ben|an	Nebenan wohnen unsere Freunde.
	ne|ben|ein|an|der	nebeneinander stehen **ne|ben|ei|nan|der**
der	**Nef|fe**	die Neffen

neh|men du nimmst, er nahm, sie hat genommen
der **Neid** vor Neid ganz böse sein; neidig, neidisch
nei|gen Sie neigte den Kopf.
die Neigung
nein Sie sagte Nein. (= Sie sagte nein.)
die **Nel|ke** Die Nelken blühen in vielen Farben.
nen|nen du nennst, er nannte, sie hat genannt
der **Nen|ner** Die Nenner stehen unter den Bruchstrichen.
die **Nenn|form** die Nennformen der Tunwörter
der **Nerv** die Nerven
ner|vös nervöser, am nervösesten; die Nervosität
das **Nest** die Nester
nett netter, am nettesten; eine nette Geschichte
das **Netz** die Netze der Spinnen; die Fische in den Netzen
Michi wirft den Ball über das Netz.
neu neuer, am neuesten; die neuen Möbel; etwas Neues lernen; der Neubau, die Neuigkeit, das Neujahr
neu|gie|rig neugieriger, am neugierigsten;
die Neugier, die Neugierde

neun 9 neun Kinder, neun Uhr; neunzehn,
neunzig, neunhundert, neunmal würfeln;
der neunte Waggon des Zuges; der Neunte, der Neuner

nicht nicht kommen können
das **Nicht ge|nü|gend** die Note Nicht genügend
die **Nich|te** einige Nichten haben
nichts nichts reden; nichts Schlechtes denken
ni|cken Er nickte mit dem Kopf.
nie nie die Aufgabe vergessen; nie mehr raufen
nie|der niederer, am niedersten; ein niederer Absatz

nieder... *Wenn du ein Wort mit* **nieder-** *nicht in der alphabetischen Reihenfolge findest, mache es so:*
Du suchst niederfallen, *schlag nach bei* **fallen***!*
Du suchst niedersetzen, *schlag nach bei* **setzen***!*

die **Nie|der|la|ge** unangenehme Niederlagen
die **Nie|der|lan|de** der Niederländer, die Niederländerin;
niederländische Häuser
Nie|der|ös|ter|reich der Niederösterreicher, die Niederösterreicherin;
niederösterreichische Kinder

der **Niederschlag** heftige Niederschläge
niedrig niedriger, am niedrigsten; ein niedriges Haus
niemals Eva kommt niemals zu spät.
niemand niemand anderer; niemanden kränken
die **Niere** zwei Nieren
nieseln Es nieselte den ganzen Tag.
niesen du niest, sie nieste
der **Nikolaus** die Nikolause aus Schokolade
der **Nikolo** die Nikolos in unseren Adventkalendern

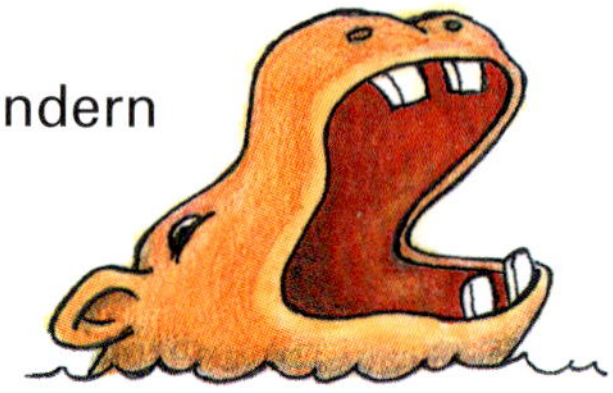

das **Nilpferd** Nilpferde leben in den Flüssen und Seen Afrikas.

er **nimmt** Patrick nimmt den Hund an die Leine. ➛ nehmen
nirgends Ich kann den Schlüssel nirgends finden.
nisten Die Schwalben nisteten unter dem Dach.
die **Nixe** zierliche Nixen
noch Meine Schwester ist immer noch krank.
das **Nockerl** die Nockerln; die Eiernockerln
die **Nonne** Die Nonnen leben im Kloster.
der **Norden** Die Kompassnadel zeigt immer nach Norden.

nördlich nördlicher, am nördlichsten; ein nördlicher Wind
der **Nordpol** Am Nordpol leben Eisbären und Robben.
nörgeln ich nörgle, du nörgelst, er nörgelte
normal ein ganz normaler Tag
Norwegen der Norweger, die Norwegerin; norwegisch
die **Not** die Nöte; Not leiden; die Notbremse; notwendig
die **Note** die Noten im Zeugnis; nach Noten singen
das **Notebook** Notebooks sind kleine, tragbare PCs.
notieren Ich notierte ihre Adresse.
die **Notiz** die Notizen; der Notizblock, der Notizzettel
der **November** die 30 Tage des November (= des Novembers)
die **Nudel** dünne Nudeln; die Nudelsuppe
die **Null**

drei Nullen; null Grad

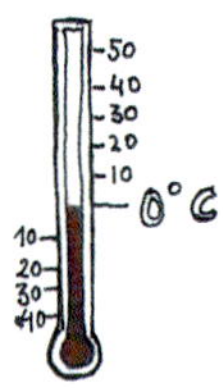

die **Nummer** viele Nummern; die Seiten nummerieren
nun Was soll ich nun tun?
nur Es kamen nur Mädchen auf die Party.
die **Nuss** die Nüsse; der Nussknacker, die Nussschale
nützen (= nutzen) Du nützt die Zeit. Es nützte nichts.
nützlich nützlicher, am nützlichsten

die **Oa|se**  Oasen sind Wasserstellen in der Wüste.

ob Niemand weiß, ob Eva kommen wird.
oben oben und unten
ober ober uns; die Oberfläche, der Oberkörper
der **Ober** Die Ober bringen Speisen und Getränke.
Ober|ös|ter|reich der Oberösterreicher, die Oberösterreicherin; das oberösterreichische Wappen
obers|te das oberste Stockwerk
das **Obst** verschiedene Obstsorten, der Obstbaum
der **Obus** (= der Oberleitungsomnibus), die Obusse
ob|wohl Es war nicht kalt, obwohl es stark regnete.
der **Ochs** die Ochsen
oder ich oder du
der **Ofen** die Öfen; das Ofenrohr
of|fen offener, am offensten; ein offenes Fenster
öff|nen Die Mutter öffnete das Fenster. die Öffnung
oft öfter, am öftesten; oft zu spät kommen
oh|ne Ihr geht ohne mich ins Kino.
die **Ohn|macht** die Ohnmachten; in Ohnmacht fallen
ohn|mäch|tig ohnmächtig sein
das **Ohr** die Ohren; die Ohrfeige, der Ohrring
der **Ok|to|ber** die ersten Tage des Oktober (= des Oktobers)
das **Öl** verschiedene Öle; die Ölfarbe, die Ölheizung, das Duftöl; den Motor ölen; ölige Hände
die **Oli|ve** Oliven wachsen auf Bäumen.
olym|pisch die Olympischen Spiele
die **Oma** die Omas
die **Ome|let|te** (= das Omelett), die Omeletten (= die Omeletts)
der **Om|ni|bus** (= der Autobus), die Omnibusse
der **On|kel** die Onkel
der **Opa** die Opas
die **Oper** die Opern; das Opernhaus
die **Ope|ra|ti|on** die Operationen; der Operationssaal

die **Operette**	die Operetten Eine Operette ist heiteres Musiktheater.
operieren	Die Ärztin operierte den Patienten.
das **Opfer**	die Opfer; opfern
der **Optiker**	Die Optiker reparieren Augengläser.
die **Optikerin**	die Optikerinnen
die **Orange**	große Orangen
orange	ein oranger Pulli
das **Orchester**	die Orchester
der **Orden**	die Orden; einen Orden als Auszeichnung bekommen; einem Orden beitreten
ordentlich	ordentlicher, am ordentlichsten; ein ordentlicher Schüler
die **Ordination**	die Ordinationen der Ärzte
ordnen	Sie ordnete die Hefte auf dem Schreibtisch. der Ordner, die Ordnung
organisieren	Wir organisierten einen Ausflug. die Organisation
die **Orgel**	große Orgeln
sich **orientieren**	Er orientierte sich mit dem Kompass. die Orientierung
der **Orkan**	Die Orkane sind heftige Stürme.
der **Ort**	die Orte; die Ortschaft
der **Osten**	Im Osten geht die Sonne auf.
Ostern	zu Ostern; das Osterfest, der Osterhase
Österreich	der Österreicher, die Österreicherin; österreichische Kinder
östlich	östlicher, am östlichsten; östlich von Wien
der **Otter**	Die Otter schwimmen im Wasser.
die **Otter**	Ottern sind Giftschlangen.
das **Out**	Der Ball ist im Out (außerhalb des Spielfeldes).
oval	Der Spiegel ist oval (eiförmig).
der **Ozean**	die drei Ozeane
das **Ozon**	Ozon ist eine besondere Form des Sauerstoffs. das Ozonloch

paar  ein paar Äpfel, ein paar Kirschen; ein paarmal klopfen

das **Paar** die Paare; ein Paar Schuhe, zwei Paar Würstel; paarweise gehen

pach|ten Familie Huber pachtete ein Haus. die Pacht, der Pächter, die Pächterin

pa|cken Ich packe den Koffer. Du packst den Rucksack. Er packte die Schultasche. Sie hat ihn am Arm gepackt. die Packung, das Päckchen; das Packpapier

pad|deln ich paddle, du paddelst, er paddelte; das Paddelboot

das **Pa|ket** die Pakete aufgeben

der **Pa|last** schöne Paläste

die **Pa|lat|schin|ke** gefüllte Palatschinken

die **Pal|me** hohe Palmen; das Palmkätzchen

pa|nie|ren Die Köchin panierte die Schnitzel.

die **Pan|ne** unangenehme Pannen; das Pannendreieck

der **Pan|ter** (= der Panther), schwarze Panter

der **Pan|ther** (= der Panter), die Panther

der **Pan|zer** die Panzer

der **Pa|pa** Ich sage zu meinem Vater Papa.

der **Pa|pa|gei** sprechende Papageien

das **Pa|pier** mehrere Papiere; das Papiergeld, der Papierkorb

die **Pap|pe** gewellte Pappen; der Pappendeckel

die **Pap|pel** hohe Pappeln

der **Pa|pri|ka** grüne Paprikas **Pap|ri|ka**

der **Papst** die Päpste

der **Pa|ra|dei|ser** saftige Paradeiser; die Paradeissoße

das **Pa|ra|dies** die Paradiese; paradiesisch

pa|ral|lel parallele Linien; die Parallele

das **Pär|chen** verliebte Pärchen; das Zwillingspärchen

das **Par|fum** die Parfums

die **Par|fü|me|rie** die Parfümerien; parfümieren

der **Park** — schöne Parks; die Parkanlage
par|ken — er parkte; der Parkplatz, das Parkverbot
das **Par|la|ment** — die Parlamente
der **Par|me|san** — Spaghetti mit Parmesan
die **Par|tei** — verschiedene Parteien
das **Par|ter|re** — Das Parterre ist das Erdgeschoß eines Hauses.
der **Part|ner** — die Partner; die Partnerarbeit, die Partnerschaft
die **Part|ne|rin** — die Partnerinnen
die **Par|ty** — mehrere Partys besuchen

der **Pass** — steile Pässe; die Passstraße
gültige Pässe; das Passbild

pas|sen — Die Hose passte ihm genau.
pas|sie|ren — Es passierte ein Unglück. Moni passierte Spinat.
die **Pas|ta** — (= die Paste), verschiedene Pasten
der **Pas|tor** — Pastoren sind evangelische Pfarrer.
die **Pas|to|rin** — die Pastorinnen
der **Pa|te** — die Paten, das Patenkind
der **Pa|ti|ent** — die Patienten im Krankenhaus
die **Pa|ti|en|tin** — die Patientinnen
die **Pa|tin** — die Patinnen
die **Pa|tro|ne** — gefüllte Patronen **Pat|ro|ne**
die **Pau|se** — kurze Pausen machen; pausenlos arbeiten
der **PC** — (= der Personalcomputer = der Personal Computer), mit PC (= mit PCs) arbeiten
das **Pech** — das Pech der Föhren; Pech haben; der Pechvogel
pe|cken — (= picken)
Der Vogel peckte mich in die Hand.
das **Pe|dal** — die Pedale
pein|lich — peinlicher, am peinlichsten; ein peinlicher Fehler
die **Peit|sche** — lange Peitschen; peitschen

der **Pe|li|kan** — Pelikane sind Schwimmvögel.

der **Pelz** — verschiedene Pelze; die Pelzmütze
pen|deln — ich pendle, du pendelst, er pendelte; das Pendel
der **Pend|ler** — Die Pendler müssen weit zur Arbeit fahren.
die **Pend|le|rin** — die Pendlerinnen
die **Pen|si|on** — die Pensionen; der Pensionist, die Pensionistin
per|fekt — perfekter, am perfektesten; eine perfekte Lösung
die **Per|le** — schimmernde Perlen; die Perlenkette

die **Per|son**	viele Personen; der Personenkraftwagen
die **Pe|rü|cke**	blonde Perücken
der **Pe|ter|sil**	(= die Petersilie), mit Petersil würzen
der **Pfad**	schmale Pfade; der Pfadfinder, die Pfadfinderin
der **Pfahl**	dicke Pfähle; der Pfahlbau
das **Pfand**	die Pfänder; die Pfandflasche
pfän|den	Der Finanzbeamte pfändete das Haus.
die **Pfan|ne**	große Pfannen
der **Pfar|rer**	die Pfarrer; der Pfarrhof, die Pfarrkirche
die **Pfar|re|rin**	evangelische Pfarrerinnen
der **Pfau**	die Pfaue (= die Pfauen); die Pfauenfeder
pfau|chen	Die Katze pfauchte.
der **Pfef|fer**	verschiedene Pfeffer; die Pfefferminze; pfeffern
die **Pfei|fe**	rauchende Pfeifen; die Pfeife blasen

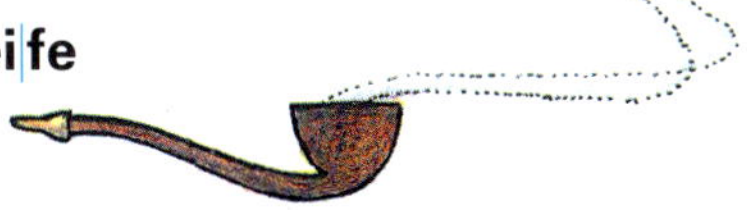

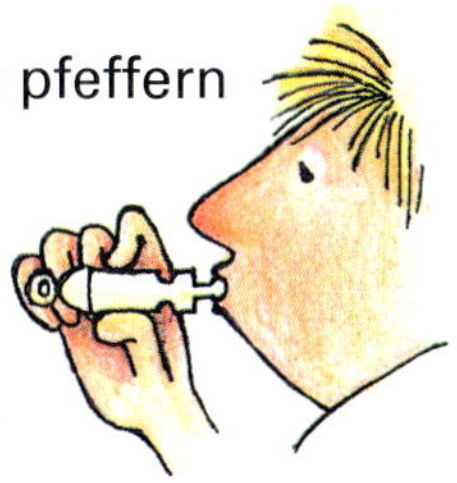

pfei|fen	du pfeifst, er pfiff, wir haben gepfiffen
der **Pfeil**	spitze Pfeile
der **Pfei|ler**	starke Pfeiler
das **Pferd**	die Pferde; der Pferdestall, der Pferdeschlitten
sie **pfiff**	Julia pfiff fröhlich ein Lied. ➝ pfeifen der Pfiff
Pfings|ten	zu Pfingsten; das Pfingstfest, die Pfingstrose
der **Pfir|sich**	die Pfirsiche
die **Pflan|ze**	blühende Pflanzen; einen Baum pflanzen
das **Pflas|ter**	die Pflaster; eine Wunde mit einem Pflaster schützen; das holprige Pflaster

die **Pflau|me**	reife Pflaumen
pfle|gen	Die Krankenschwester pflegte ihn gesund. die Pflege, der Pfleger, die Pflegerin
die **Pflicht**	seine Pflichten erfüllen; pflichtbewusst
der **Pflock**	große Pflöcke einschlagen
pflü|cken	Er pflückte Blumen.
der **Pflug**	die Pflüge
pflü|gen	Der Bauer pflügte das Feld.
der **Pfos|ten**	dicke Pfosten
die **Pfo|te**	samtige Pfoten
pfui	„Pfui!“, rief die Mutter.
die **Pfüt|ze**	schmutzige Pfützen

die **Phan|ta|sie** die Phantasien ➛ die Fantasie
phan|ta|sie|ren ➛ fantasieren
der **Pho|to|graph** die Photographen ➛ der Fotograf
die **Pho|to|gra|phie** die Photographien ➛ die Fotografie
die **Pho|to|gra|phin** die Photographinnen ➛ die Fotografin
pi|cken (= pecken)
Das Huhn pickte Körner.
das **Pi|ckerl** viele Pickerln sammeln
das **Pick|nick** die Picknicks; der Picknickkorb; picknicken
piep|sen Der Vogel piepste laut.
pil|gern ich pilgere, er pilgerte; der Pilger, die Pilgerin
die **Pil|le** verschiedene Pillen
der **Pi|lot** die Piloten
die **Pi|lo|tin** die Pilotinnen
der **Pilz** Pilze im Wald suchen
der **Pin|gu|in** Pinguine können schwimmen, aber nicht fliegen.
der **Pin|sel** die Pinsel; der Pinselstrich
die **Pin|zet|te** die Pinzetten

der **Pi|rat** gefährliche Piraten

die **Pis|te** steile Pisten
die **Pis|to|le** geladene Pistolen
die **Piz|za** die Pizzas (= die Pizzen); die Pizzeria
der **Pla|fond** (die Decke eines Raumes); die Plafonds
sich **pla|gen** er plagte sich; die Plage
das **Pla|kat** bunte Plakate; die Plakatwand; plakatieren
der **Plan** die Pläne; eine Reise planen
der **Pla|net** die Planeten
plan|schen (= plantschen), du plansch(s)t, er planschte;
das Planschbecken (= das Plantschbecken)
das **Plas|tik** Tragtaschen aus Plastik
das **Plas|ti|lin** aus Plastilin Tiere formen
plät|schern Der Bach plätscherte.
die **Plat|te** die Platten; der Plattenspieler
der **Platz** die Plätze; die Platzkarte; platzieren
plat|zen Du platzt vor Wut. Der Luftballon platzte.
plau|dern ich plaudere, du plauderst, sie plauderte;
die Plauderei
die **Plom|be** verschiedene Plomben; einen Zahn plombieren
plötz|lich Plötzlich begann es zu schneien.
plump|sen Der Ball plumpste ins Wasser.
plün|dern ich plündere, du plünderst, er plünderte

	plus	Drei plus zwei ist gleich fünf. die Plusgrade, das Pluszeichen
der	**Pokal**	die Pokale
der	**Pol**	die Pole des Magneten
	Polen	der Pole, die Polin; polnische Kinder
	polieren	Sie polierte die Gläser.
die	**Politik**	der Politiker, die Politikerin; politisch
die	**Polizei**	die Polizeistreife
der	**Polizist**	Die Polizisten hielten den Autofahrer an.
die	**Polizistin**	die Polizistinnen
der	**Polster**	die Pölster (= die Polster); die Polstermöbel
die	**Pommes frites**	Pommes frites mit Ketchup essen
das	**Pony**	auf Ponys reiten
der	**Pop**	(= die Popmusik); das Popkonzert
die	**Pore**	Poren sind Hautöffnungen.
der	**Portier**	die Portiere; der Hotelportier
der	**Powidl**	Germknödel mit Powidl, die Powidltascherln
die	**Portion**	große Portionen essen
	Portugal	der Portugiese, die Portugiesin; portugiesische Tänze
die	**Posaune**	auf Posaunen blasen
die	**Post**	das Postamt, der Postautobus, die Postkarte
der	**Poster**	(= das Poster), viele Poster aufhängen
	prächtig	prächtiger, am prächtigsten; die Pracht
das	**Prädikat**	die Prädikate Das Prädikat ist ein Satzglied.
	praktisch	praktischer, am praktischsten; ein praktischer Arzt
die	**Pranke**	Tiger haben kräftige Pranken (Tatzen).
die	**Prärie**	weite Prärien; über die Prärie (Grasebene) reiten
der	**Präsident**	die Präsidenten
die	**Präsidentin**	die Präsidentinnen
	prasseln	Der Regen prasselte auf die Dächer.
der	**Prater**	im Prater mit dem Riesenrad fahren
	predigen	Der Pfarrer predigte in seiner Kirche. die Predigt
der	**Preis**	die Preise; preiswert einkaufen
die	**Preiselbeere**	süße Preiselbeeren
	prellen	Eva prellte sich den Fuß.

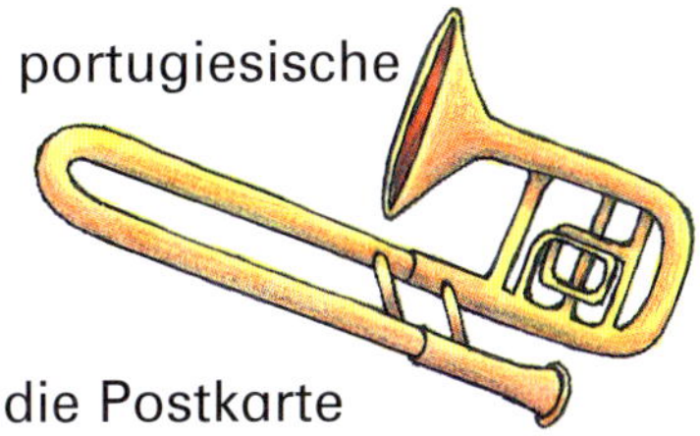

die **Prel|lung**	schmerzhafte Prellungen
pres|sen	du presst, er presste
pri|ckelnd	prickelndes Mineralwasser
der **Pries|ter**	die Priester
die **Pri|mel**	Gelbe Primeln blühen auf der Wiese.
der **Prinz**	die Prinzen
die **Prin|zes|sin**	die Prinzessinnen
pri|vat	ein privater Weg; die Privatschule
die **Pro|be**	die Proben für die Aufführung; proben
pro|bie|ren	Katja probierte die Schuhe.
das **Prob|lem**	schwierige Probleme lösen **Pro|blem**
das **Pro|dukt**	verschiedene Produkte herstellen
der **Pro|fes|sor**	Die Professoren unterrichten am Gymnasium.
die **Pro|fes|so|rin**	die Professorinnen
das **Pro|gramm**	die Programme lesen; programmieren
das **Pro|jekt**	Projekte werden von vielen Klassen durchgeführt.
der **Pro|jek|tor**	die Projektoren; der Diaprojektor

die **Pro|me|na|de**	auf Promenaden spazieren gehen
der **Pro|pel|ler**	Die Propeller treiben Flugzeuge und Schiffe an.
der **Pros|pekt**	(= das Prospekt); der Werbeprospekt
der **Pro|test**	die Proteste; gegen ein Unrecht protestieren
der **Pro|tes|tant**	Protestanten beten in evangelischen Kirchen.
die **Pro|tes|tan|tin**	die Protestantinnen
der **Pro|vi|ant**	Wir nehmen Proviant für den Ausflug mit.
die **Pro|zes|si|on**	feierliche Prozessionen um die Kirche
prü|fen	Der Lehrer prüfte mich. der Prüfer, die Prüferin
die **Prü|fung**	schwierige Prüfungen
prü|geln	ich prügle, du prügelst, er prügelte; die Prügel
das **Pub|li|kum**	Das Publikum applaudierte nach der Vorstellung. **Pu|bli|kum**
der **Pud|ding**	die Puddinge (= die Puddings); die Puddingform
der **Pu|del**	die Pudel
das **Pu|der**	verschiedene Puder; die Puderdose
der **Pul|li**	kuschelige Pullis anziehen
der **Pul|lo|ver**	warme Pullover Zu Pullover kannst du auch Pulli sagen.

der **Puls** den Puls fühlen; der Pulsschlag

das **Pul|ver** verschiedene Pulver; der Pulverschnee

die **Pum|pe** kräftige Pumpen; pumpen

der **Punkt** die Punkte; Punkt acht Uhr

pünkt|lich pünktlicher, am pünktlichsten; die Pünktlichkeit

die **Pu|pil|le** kleine Pupillen

die **Pup|pe** sprechende Puppen; das Puppentheater

das **Pü|ree** die Pürees; das Erdäpfelpüree

pur|zeln ich purzle, du purzelst, er purzelte; der Purzelbaum

put|zen du putzt, sie putzte; die Putzerei; das Putzmittel

das **Puzz|le** schwierige Puzzles; das Puzzlespiel

der **Py|ja|ma** (= das Pyjama), die Pyjamas

die **Py|ra|mi|de** alte Pyramiden

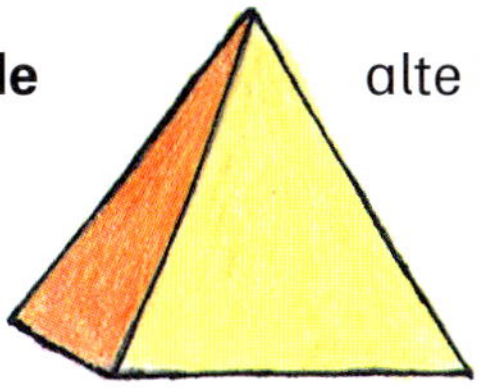

das	**Quad|rat**	die Quadrate; der Quadratmeter; quadratisch

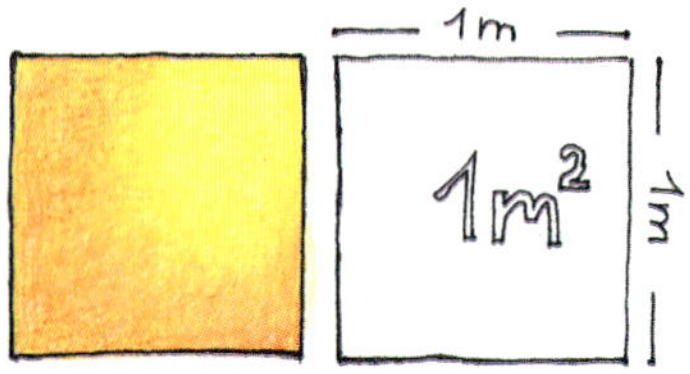

Qua|drat

	qua|ken	Der Frosch quakte.
die	**Qual**	schlimme Qualen
	quä|len	Er quälte mich mit seinen Fragen.
die	**Qual|le**	Quallen leben im Meer.
der	**Qualm**	dichter Qualm; qualmen
die	**Quar|gel**	(= das Quargel = der Quargel), die Quargeln Die Quargel ist ein runder, stark riechender Käse.
das	**Quar|tett**	die Quartette; Quartett spielen
die	**Quas|te**	bunte Quasten
das	**Queck|sil|ber**	das Quecksilber im Thermometer
die	**Quel|le**	die Quellen; das Quellwasser
	quel|len	es quillt, es quoll, es ist gequollen
	quer	kreuz und quer marschieren
	quet|schen	du quetsch(s)t, er quetschte, ihr habt gequetscht; die Quetschung; ein gequetschter Finger
	quie|ken	Die Schweine quiekten.
	quiet|schen	du quietsch(s)t, er quietschte; quietschende Bremsen
es	**quillt**	Das Wasser quillt aus der Erde. ➛ quellen
der	**Quirl**	die Quirle des Mixers
	quitt	Jetzt sind wir quitt!
der	**Quiz**	(= das Quiz), mehrere Quiz; die Quizfrage
	quoll	Mayonnaise quoll aus der Tube. ➛ quellen
der	**Quo|ti|ent**	(Ergebnis einer Division); die Quotienten

der **Rab|bi|ner** Rabbiner sind jüdische Geistliche.
der **Ra|be** Raben haben schwarze Federn.
die **Ra|che** Rache nehmen
rä|chen Er rächte sich für den Streich.
der **Ra|chen** die Rachen; ein entzündeter Rachen

das **Rad**  zwei Räder; der Radfahrer, die Radfahrerin
Ich kann Rad fahren.
aber: einen guten Rat geben

das **Ra|dar** die Radars; das Radargerät, die Radarkontrolle
ra|die|ren Er radierte im Heft.
der **Ra|dier|gum|mi** zwei Radiergummis
das **Ra|dies|chen** viele Radieschen essen
das **Ra|dio** (der Radio), die Radios; der Radioapparat
der **Rahm** den Rahm von der Milch abschöpfen
der **Rah|men** mehrere Rahmen aus Holz; rahmen

die **Ra|ke|te** zu Silvester Raketen abschießen; Raketen auf den Mond schicken

die **Ram|pe** In der Schule gibt es Rampen für Rollstuhlfahrer.
der **Rand** breite Ränder; der Randstein
es **rann** Das Wasser rann durch die Dachrinne. ➛ rinnen
ich **rann|te** Ich rannte, so schnell ich konnte. ➛ rennen
ran|zig Die Butter ist nicht mehr frisch, sie ist ranzig.
der **Raps** verschiedene Rapse; das Rapsfeld; das Rapsöl
rasch rascher, am raschesten; ein rascher Läufer
ra|scheln ich raschle, du raschelst, er raschelte
ra|sen Er raste mit dem Auto über die Autobahn.
der **Ra|sen** die Rasen; der Rasenmäher
ra|sie|ren Der Vater rasierte sich jeden Morgen.
die **Ras|se** verschiedene Rassen von Tieren
ras|seln ich rassle, du rasselst, er rasselte; die Rassel

	ras|ten	Wir rasteten nach der Wanderung. die Rast; der Rastplatz, die Raststation
der	**Rat**	um Rat fragen; ein guter Ratschlag *aber:* Rad fahren
	ra|ten	du rätst, er riet, sie hat geraten
das	**Rat|haus**	die Rathäuser in den Gemeinden und Städten
die	**Rat|sche**	laute Ratschen am Karfreitag; ratschen
das	**Rät|sel**	viele Rätsel
du	**rätst**	Du rätst mir, vorsichtig zu sein. → raten
die	**Rat|te**	Ratten haben lange Schwänze.
	rat|tern	Der Wagen ratterte über das Kopfsteinpflaster.
	rau	rauer, am rauesten; ein raues Klima
	rau|ben	Der Einbrecher raubte das ganze Geld. der Raub; das Raubtier
der	**Räu|ber**	Die Räuber werden von der Polizei gesucht.
die	**Räu|be|rin**	die Räuberinnen
der	**Rauch**	starker Rauch; rauchen
	räu|chern	Der Fleischhauer räucherte das Fleisch.
der	**Rauch|fang**	die Rauchfänge; der Rauchfangkehrer, die Rauchfangkehrerin
	rau|fen	Die Buben rauften im Schulhof.
die	**Rau|fe|rei**	wilde Raufereien vermeiden
der	**Raum**	große Räume
	räu|men	Sie räumten den Saal.
die	**Raum|fahrt**	die Raumfahrten; der Raumfahrer, die Raumfahrerin
das	**Raum|schiff**	die Raumschiffe
die	**Rau|pe**	grüne Raupen
	rau|schen	Das Wasser rauschte.
sich	**räus|pern**	ich räuspere mich, er räusperte sich
	re|agie|ren	Sie reagierte schnell.
die	**Re|ak|ti|on**	heftige Reaktionen
der	**Re|ak|tor**	(Anlage zur Umwandlung z. B. von Atomkraft in Wärme); die Reaktoren; der Atomreaktor
die	**Re|be**	lange Reben; die Weinrebe
	re|beln	ich reble, du rebelst, sie rebelte; Trauben rebeln
der	**Re|chen**	hölzerne Rechen; der Rechenstiel; rechen
	rech|nen	Sie rechnete mit dem Taschenrechner.
die	**Rech|nung**	einfache Rechnungen
	recht	So ist es recht. Das ist mir recht.
das	**Recht**	die Rechte der Menschen; Recht haben (= recht haben)
das	**Recht|eck**	verschiedene Rechtecke

	recht|eckig	ein rechteckiger Tisch
	rechts	rechts fahren, die rechte Hand; der Rechtshänder, die Rechtshänderin
der	**Rechts|an|walt**	die Rechtsanwälte
die	**Rechts|an|wäl|tin**	die Rechtsanwältinnen
	recht|schrei|ben	gut rechtschreiben können
die	**Recht|schrei|bung**	die Rechtschreibung trainieren
	recht|zei|tig	Erika kam rechtzeitig in die Schule.
das	**Reck**	Die Recke stehen im Turnsaal.
der	**Re|cor|der**	die Recorder ➛ der Rekorder
	re|den	Alex redete zu laut. die Rede, der Redner, die Rednerin
der	**Re|frain**	die Refrains in Gedichten und Liedern
das	**Re|gal**	viele Regale für Bücher
die	**Re|gel**	die Regeln eines Spiels
	re|gel|mä|ßig	regelmäßig zum Zahnarzt gehen
	re|geln	ich regle, du regelst, er regelte
der	**Re|gen**	Der Regen fiel in Strömen. der Regenbogen, der Regenschirm
	re|gie|ren	Der König regierte lange Zeit.
die	**Re|gie|rung**	die Regierungen verschiedener Länder
	reg|nen	Es regnete den ganzen Tag.
die	**Re|gu|lie|rung**	die Regulierungen; die Zahnregulierung; einen Fluss regulieren
das	**Reh**	die Rehe; der Rehbock, die Rehgeiß, das Rehkitz
	rei|ben	du reibst, er rieb, sie haben gerieben; die Reibung; die Reibbürste, das Reibeisen
	reich	reicher, am reichsten; der Reichtum
	rei|chen	Sie reichte ihm die Hand. Es reicht!
	reif	reifer, am reifsten; die Reife
der	**Reif**	Die Äste waren voller Reif.
der	**Rei|fen**	neue Reifen fürs Auto; die Reifenpanne
die	**Rei|he**	lange Reihen bilden; die Reihenfolge
	rei|men	Wir reimten ein Gedicht. der Reim; das Reimwort
	rein	reiner, am reinsten; die Reinigung; reinigen
der	**Reis**	Schnitzel mit Reis; die Reiskörner
	rei|sen	du reist, wir reisten; die Reise; das Reisegepäck
das	**Rei|sig**	dürres Reisig (dürre Zweige) verbrennen
	rei|ßen	du reißt, er riss, wir haben gerissen; der Reißnagel, der Reißverschluss

rei|ten du reitest, er ritt, wir sind geritten; der Reiter, die Reiterin; das Reitpferd
rei|zen du reizt, er reizte mich; der Reiz; reizend
die **Re|kla|me** erfolgreiche Reklamen machen **Rek|la|me**
der **Re|kord** die Rekorde brechen
re|la|tiv Die Aufgabe ist relativ einfach zu erklären.
die **Re|li|gi|on** verschiedene Religionen; der Religionsunterricht
re|li|gi|ös religiöser, am religiösesten; religiöse Menschen
rem|peln Im Vorbeilaufen rempelte Emma mich an.
ren|nen du rennst, sie rannte, ihr seid gerannt; das Rennen; das Rennauto
re|no|vie|ren Er renovierte das alte Haus. die Renovierung (etwas neu herrichten)
die **Ren|te** die Renten; der Rentner, die Rentnerin
das **Ren|tier** Die Rentiere haben große Geweihe.
die **Re|pa|ra|tur** teure Reparaturen
re|pa|rie|ren Der Mechaniker reparierte das Auto.
der **Re|por|ter** Die Reporter interviewten die Politikerin.

118 die **Re|por|te|rin** die Reporterinnen
das **Rep|til** Krokodile sind Reptilien.
die **Re|pu|blik** die Republiken; die Republik Österreich **Re|pub|lik**
die **Re|ser|ve** die Reserven; das Reserverad
re|ser|vie|ren Wir reservierten zwei Plätze im Zug. die Reservierung
der **Re|spekt** großen Respekt haben **Res|pekt**
re|spek|tie|ren Ich respektierte sein Verhalten. **res|pek|tie|ren**
der **Rest** verschiedene Reste; restlich
das **Res|tau|rant** teure Restaurants
re|tour Er fuhr mit dem Bus nach Salzburg und wieder retour.
ret|ten Er rettete ihn vor dem Ertrinken. der Retter, die Retterin
der **Ret|tich** scharfe Rettiche

die **Ret|tung** die Rettungen; mit der Rettung ins Spital fahren der Rettungsring, der Rettungswagen
die **Reue** Er empfand Reue für seine Tat. reuen; reuig; reumütig
das **Re|vier** Der Förster ging durch seine Reviere.

der **Re|vol|ver** keine Revolver zum Spielen benützen
das **Re|zept** einige Rezepte zum Backen; ein ärztliches Rezept
der **Rha|bar|ber** das Rhabarberkompott
der **Rhyth|mus** schnelle Rhythmen; rhythmisch
die **Ri|bi|sel** saure Ribiseln; der Ribiselsaft
der **Rich|ter** Die Richter sprachen das Urteil.
die **Rich|te|rin** die Richterinnen
rich|tig Der Weg ist richtig.
die **Rich|tung** Wir fahren in verschiedene Richtungen.
er **rieb** Martin rieb Nüsse. ➛ reiben
rie|chen du riechst, er roch, ihr habt gerochen
sie **rief** Anna rief laut nach ihrem Bruder. ➛ rufen

der **Rie|gel** 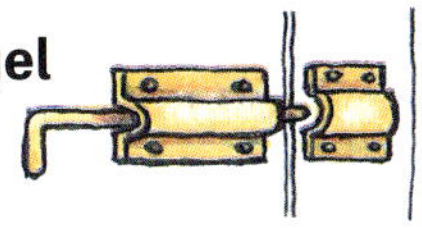 mehrere Riegel Schokolade essen; den Riegel an der Tür vorschieben

der **Rie|se** die Riesen; das Riesenrad, der Riesenslalom; riesig
rie|seln Es rieselte der Schnee.
ich **riet** Ich riet ihm zur Vorsicht. ➛ raten
die **Ril|le** tiefe Rillen in der Fahrbahn
das **Rind** gefleckte Rinder; das Rindfleisch, die Rindsuppe
die **Rin|de** harte Rinden
der **Ring** goldene Ringe; die Ringmappe
das **Rin|gel|spiel** die Ringelspiele im Prater
rin|nen es rinnt, es rann, es ist geronnen; die Rinne
die **Rip|pe** zwölf Rippen; eine Rippe Schokolade
das **Ri|si|ko** keine Risiken eingehen
ris|kie|ren Er riskierte sein Leben.
es **riss** Das Seil riss. ➛ reißen
der Riss
er **ritt** Markus ritt auf einem weißen Pferd. ➛ reiten
der Ritt

der **Rit|ter** Die Ritter lebten in Burgen.

rit|zen du ritzt, er ritzte; die Ritze, der Ritzer
die **Rob|be** die Robben vor dem Aussterben bewahren
der **Ro|bo|ter** die Roboter
ich **roch** Ich roch einen feinen Duft. ➛ riechen
der **Rock** Elisabeth trägt nicht gerne Röcke.
die **Rock|mu|sik** Eine Rockgruppe spielt laute Rockmusik.
ro|deln ich rodle, du rodelst, er rodelte; die Rodel

der **Rog|gen** Brot aus Roggen nennt man Roggenbrot.
roh roher, am rohesten; der Rohbau, die Rohheit
das **Rohr** die Rohre; das Backrohr; das Wasserrohr
die **Röh|re** mehrere Röhren
rol|len Der Ball rollte unter den Tisch.
die Rolle; die Rolltreppe, der Rollstuhl
das **Rol|lo** (= die Rollo), die Rollos herunterlassen
die **Ro|ma und Sin|ti** Volksgruppen, die in vielen Ländern leben
der **Ro|man** spannende Romane lesen
rö|misch römische Ziffern; römisch-katholisch
ro|sa ein rosa Kleid
die **Ro|se** gelbe Rosen
der **Ro|sen|kranz** hölzerne Rosenkränze; den Rosenkranz beten
die **Ro|si|ne** süße Rosinen
das **Ross** schwarze Rösser; die Rosskastanie

der **Rost** Rost auf Eisen;
das Rostschutzmittel; rostig

der **Rost** die Roste;
Steaks auf einem
Rost braten;
der Rostbraten

ros|ten Die Nägel rosteten.
rös|ten Er röstete Kartoffeln.
rot ein roter Apfel; das Rote Kreuz; das Rotkäppchen,
das Rotkehlchen; rötlich;
die rotweißrote Fahne
Die Ampel steht auf Rot.
die **Rö|teln** an Röteln erkranken
die **Rü|be** saure Rüben
rü|cken Tom rückte den Sessel zur Seite.
der **Rü|cken** breite Rücken; das Rückenmark
der **Ruck|sack** schwere Rucksäcke
die **Rück|sicht** Rücksicht nehmen; rücksichtslos, rücksichtsvoll
rück|wärts rückwärtsgehen
das **Ru|del** große Rudel Hirsche
das **Ru|der** zwei Ruder; das Ruderboot
ru|dern ich rudere, er ruderte
ru|fen du rufst, er rief, ihr habt gerufen;
der Ruf; das Rufzeichen
die **Ru|he** In der Klasse herrschte keine Ruhe.

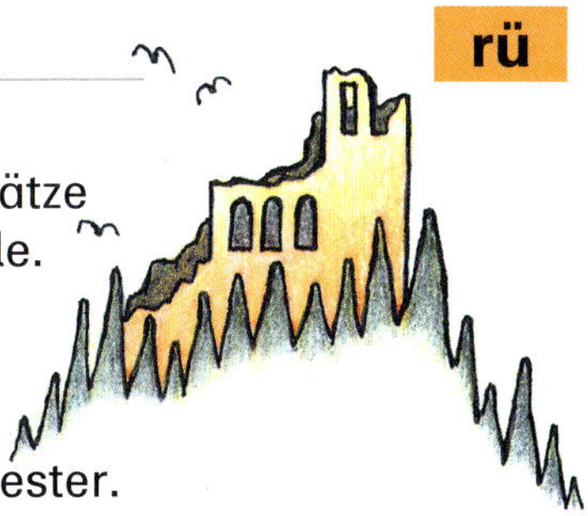

ruhig ruhiger, am ruhigsten; ruhige Plätze
rühren Er rührte sich nicht von der Stelle.

die **Ruine** Ruinen sind verfallene Burgen.

ruinieren Er ruinierte die Uhr seiner Schwester.
der **Rum** Tee mit Rum
Rumänien der Rumänier, die Rumänierin; rumänische Dörfer
rumpeln Der Wagen rumpelte über die Straße.
der **Rumpf** die Rümpfe
Der Kopf sitzt auf dem Rumpf.
rümpfen Sie rümpfte die Nase.
rund rund um das Haus gehen; rundherum; die Runde; die Rundfahrt, der Rundfunk
runzeln ich runzle, du runzelst, er runzelte; runzelig
rupfen Die Bäuerin rupfte die Gans.
die **Rüsche** viele Rüschen; die Rüschenbluse
der **Ruß** (der Russ), der Ruß im Ofen; rußen; rußig
der **Rüssel** lange Rüssel
Russland der Russe, die Russin; russische Lieder

die **Rüstung** alte Rüstungen

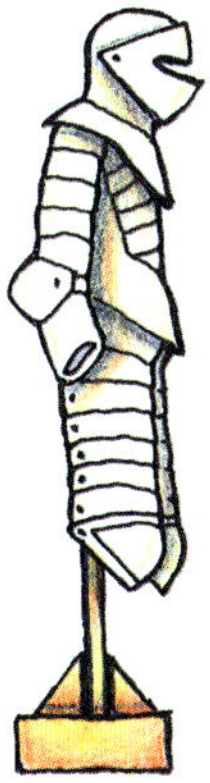

die **Rute** lange Ruten (Zweige) abschneiden
rutschen du rutsch(s)t, wir rutschten; die Rutsche; die Rutschbahn; rutschig
rütteln ich rüttle, du rüttelst, er rüttelte

der **Saal** große Säle

die **Saat** die Saaten; das Saatgut

die **Sa|che** vielen Sachen; der Sachunterricht; sachlich

der **Sack** schwere Säcke; das Sackhüpfen; das Sackerl

sä|en du säst, er säte; die Sämaschine

der **Saft** frische Säfte; saftig

die **Sa|ge** alte Sagen; das Sagenbuch; sagenhaft

die **Sä|ge** scharfe Sägen; die Sägespäne, das Sägewerk

sa|gen Ich sagte ihm ein Geheimnis.

sä|gen Er sägte ein Stück Holz.

sie **sah** Julia sah gestern lange fern. ➛ sehen

die **Sai|son** (günstige Jahreszeit z. B. für Wanderungen); die Saisonen

die **Sai|te** die vier Saiten der Violine; das Saiteninstrument
aber: viele Seiten schreiben

das **Sa|kra|ment** die sieben Sakramente (z. B. die Erstkommunion)

Sak|ra|ment

der **Sa|la|man|der** viele Salamander; der Feuersalamander

die **Sa|la|mi** die Salamis; mehrere Scheiben Salami essen

der **Sa|lat** grüne Salate

die **Sal|be** heilende Salben

der **Sal|to** einige Saltos (= einige Salti) in der Luft machen

das **Salz** verschiedene Salze; salzen; salzig

Salz|burg das Bundesland Salzburg, die Landeshauptstadt Salzburg; der Salzburger, die Salzburgerin; die Salzburger Nockerln; salzburgisch

der **Sa|me** (= der Samen)
Die Samen des Getreides gehen auf.

sam|meln ich sammle, du sammelst, er sammelte; der Sammler, die Sammlerin; die Sammlung

der **Sams|tag** die Samstage; am Samstagabend

sams|tags Lukas will samstags immer lange schlafen.

samt die Tasche samt Inhalt verlieren

der **Samt** verschiedene Samte; die Samthose; samtig

sämt|lich — Sämtliche Schüler fehlten.
der **Sand** — der Sandhaufen, die Sandkiste, der Sandstrand
die **San|da|le** — bequeme Sandalen
ich **sand|te** — Ich sandte ihm Grüße. ➛ senden
sanft — sanfter, am sanftesten; sanftmütig
er **sang** — Er sang mit kräftiger Stimme. ➛ singen
der **Sän|ger** — gute Sänger
die **Sän|ge|rin** — die Sängerinnen
der **Sa|ni|tä|ter** — Die Sanitäter helfen Kranken.
die **Sa|ni|tä|te|rin** — die Sanitäterinnen
sie **sank** — Die Sonne sank. Die Preise sanken. ➛ sinken
Sankt Pöl|ten — (St. Pölten)
Sankt Pölten ist die Landeshauptstadt von Niederösterreich.
der Sankt Pöltner, die Sankt Pöltnerin;
der Sankt Pöltner Dom
die **Sar|del|le** — viele Sardellen; die Sardellenringe
die **Sar|di|ne** — kleine Sardinen; die Sardinendose
der **Sarg** — viele Särge
er **saß** — Patrick saß im Kino in der letzten Reihe. ➛ sitzen

der **Sa|tel|lit** — die Umlaufbahn des Satelliten
Viele Satelliten umkreisen die Erde.

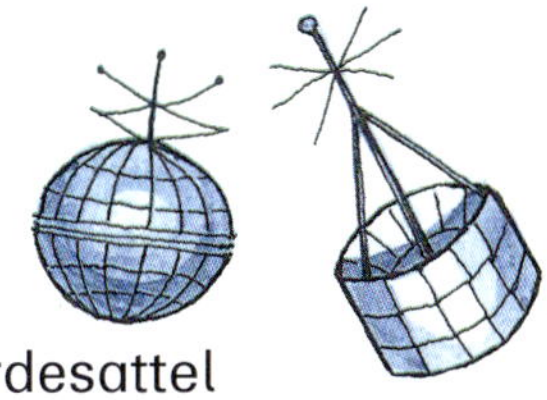

satt — satter, am sattesten; sich satt essen
der **Sat|tel** — die Sättel; der Fahrradsattel, der Pferdesattel
sat|teln — ich sattle, du sattelst, er sattelte
der **Satz** — kurze Sätze; das Satzglied, das Satzzeichen
die **Sau** — die Säue
sau|ber — sauberer, am saubersten; die Sauberkeit
säu|bern — Ich säubere das Zimmer. Er säuberte die Schuhe.
die **Sau|ce** — (= die Soß, die Soße), schmackhafte Saucen
sau|er — saurer, am sauersten; das Sauerkraut
sau|gen — du sogst (= du saugtest), er hat gesogen
(= er hat gesaugt)
säu|gen — Die Katze säugte ihre Jungen.
der Säugling; das Säugetier
die **Säu|le** — hohe Säulen
der **Saum** — breite Säume nähen
säu|men — Sie säumte das Kleid.
die **Sau|na** — die Saunas (= die Saunen); sich saunen
die **Säu|re** — ätzende Säuren
der **Sau|ri|er** — Die Saurier sind schon lange ausgestorben.

	säuseln	ich säusle, du säuselst, er säuselte
	sausen	Kurt sauste mit dem Rad um die Ecke.
das	**Saxofon**	Saxofone (= Saxophone), sind Blasinstrumente.
das	**Saxophon**	(= das Saxofon), die Saxophone
die	**S-Bahn**	S-Bahnen nennt man auch Schnellbahnen.
die	**Schablone**	nach Schablonen Muster zeichnen
das	**Schach**	Schach spielen; das Schachbrett, die Schachfigur, das Schachspiel; schachmatt
der	**Schacht**	tiefe Schächte
die	**Schachtel**	Geschenke in Schachteln einpacken
	schade	Es ist schade, dass du nicht kommst.
der	**Schädel**	verschiedene Schädel von Tieren
der	**Schaden**	schwere Schäden; die Schadenfreude; schaden; schadenfroh
	schädlich	schädlicher, am schädlichsten; schädliche Gase
das	**Schaf**	blökende Schafe; der Schäfer, die Schäferin; die Schafwolle
der	**Schäferhund**	die Schäferhunde
das	**Schaff**	die Schaffe; ein Schaff voll Wasser
	schaffen	Er schaffte die Strecke in zwölf Minuten.
der	**Schaffner**	höfliche Schaffner
die	**Schaffnerin**	die Schaffnerinnen
der	**Schal**	warme Schale (= warme Schals)
die	**Schale**	die Schalen; die Nussschale, die Kaffeeschale
	schälen	Er schälte die Orange.
die	**Schallplatte**	alte Schallplatten
der	**Schalter**	elektrische Schalter; der Fahrkartenschalter
sich	**schämen**	Elke schämte sich für den Fehler.
die	**Schande**	Das ist doch keine Schande!
die	**Schanze**	hohe Schanzen zum Skispringen
die	**Schar**	große Scharen von Krähen; scharenweise
	scharf	schärfer, am schärfsten; die Schärfe
der	**Scharlach**	an Scharlach erkranken
das	**Scharnier**	quietschende Scharniere

Scha|blo|ne

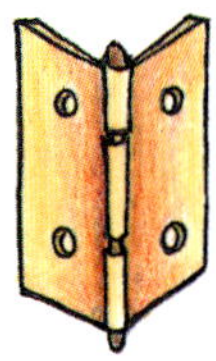

der **Schatten** lange Schatten; das Schattenspiel; schattig
der **Schatz** große Schätze; die Schatztruhe
schätzen du schätzt, er schätzte
schauen Opa schaute aus dem Fenster.
die **Schaufel** schwere Schaufeln voll Sand
schaufeln ich schaufle, du schaufelst, er schaufelte
das **Schaufenster** geschmückte Schaufenster
die **Schaukel** zwei Schaukeln; das Schaukelpferd
schaukeln ich schaukle, du schaukelst, er schaukelte
der **Schaum** die Schäume; die Schaumrolle; schaumig
schäumen Das Wasser schäumte.
schaurig schauriger, am schaurigsten; eine schaurige Geschichte
das **Schauspiel** die Schauspiele; der Schauspieler, die Schauspielerin
der **Scheck** hohe Schecks einlösen; die Scheckkarte
die **Scheibe** dicke Scheiben; der Scheibenwischer
die **Scheide** die Scheiden
scheiden du scheidest, er schied, ihr seid geschieden; sich scheiden lassen; die Scheidung
der **Schein** der Schein der Lampe; der Scheinwerfer
der **Schein** wertvolle Scheine; der Geldschein
scheinen du scheinst, er schien, es hat geschienen
das **Scheit** mehrere Scheiter (= mehrere Scheite) Holz
der **Scheitel** gerade Scheitel ziehen; der Mittelscheitel

der **Schemel** niedrige Schemel

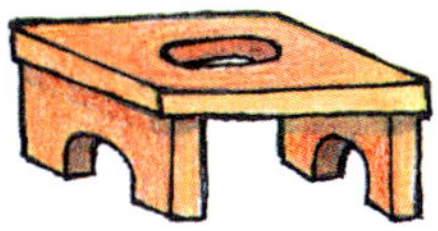

der **Schenkel** beide Schenkel; der Oberschenkel
schenken Ich schenkte meiner Freundin ein Buch.
die **Scherbe** Scherben bringen Glück.
die **Schere** spitze Scheren
scheren du scherst, sie schor (= sie scherte), ihr habt geschoren (= ihr habt geschert)
der **Scherz** lustige Scherze machen; die Scherzfrage
das **Scherzel** (Anschnitt oder Reststück vom Brot); die Scherzel (= die Scherzeln)
scherzen du scherzt, er scherzte; scherzhaft
scheu scheuer, am scheusten; ein scheues Reh
scheuchen Sie scheuchten die Raben aus dem Weingarten.
scheuen Das Pferd scheute.
scheuern ich scheuere, er scheuerte
die **Scheune** große Scheunen

scheuß|lich scheußlicher, am scheußlichsten; ein scheußliches Wetter
der **Schi** die Schi (= die Schier) ➛ der Ski
die **Schicht** Die Schichten der Arbeiter wechseln regelmäßig. der Schichtarbeiter, die Schichtarbeiterin
die **Schich|te** einige dünne Schichten Sand; schichten
schi|cken Julia schickte Patrick ein Paket mit Büchern.
das **Schick|sal** traurige Schicksale
schie|ben du schiebst, sie schob, ihr habt geschoben
ich **schied** Ich schied schwer von zu Hause. ➛ scheiden
der **Schieds|rich|ter** die Schiedsrichter
die **Schieds|rich|te|rin** die Schiedsrichterinnen
schief schiefer, am schiefsten; ein schiefes Brett
schie|len Er schielte.
sie **schien** Die Sonne schien den ganzen Tag. Judith schien traurig zu sein. ➛ scheinen
das **Schien|bein** die Schienbeine
die **Schie|ne** Der Zug fährt auf Schienen.
schie|nen Der Arzt schiente den gebrochenen Arm.
schie|ßen du schießt, sie schoss, ihr habt geschossen
das **Schiff** große Schiffe; die Schifffahrt, die Schiffsschraube

das **Schild** große Schilder über dem Geschäft

der **Schild**

der Schild des Ritters, die Schilde heben; die Schildkröte

schil|dern ich schildere, du schilderst, er schilderte; die Schilderung
das **Schilf** die Schilfe; das Schilfrohr
schil|lern Die Muschel schillerte in der Sonne.
der **Schil|ling** Die Schillinge gab es vor den Euros.

der **Schim|mel**

der Schimmel auf der Marmelade; der Schimmelpilz; schimmelndes Brot, schimmelig

der **Schim|mel** Der Schimmel ist ein weißes Pferd. zwei Schimmel; auf einem Schimmel reiten

der **Schim|pan|se** viele Schimpansen im Tiergarten
schimp|fen du schimpfst, er schimpfte; das Schimpfwort

die **Schin|del** die Schindeln auf dem Dach
der **Schin|ken** magere Schinken; die Schinkenfleckerln
der **Schirm** verschiedene Schirme; der Schirmständer
schlach|ten Der Landwirt schlachtete ein Schwein.
der **Schlaf** Babys brauchen viel Schlaf.
die **Schlä|fe** beide Schläfen
schla|fen du schläfst, er schlief, ihr habt geschlafen; schläfrig
er **schläft** Opa schläft im Garten. ➛ schlafen
der **Schlag** heftige Schläge; der Schläger; die Schlägerei
schla|gen du schlägst, er schlug, ihr habt geschlagen
der **Schla|ger** viele bekannte Schlager hören
das **Schlag|obers** einen Kuchen mit Schlagobers essen
sie **schlägt** Die Turmuhr schlägt fünf. ➛ schlagen
der **Schlamm** im Schlamm versinken; schlammig
schlam|pig schlampiger, am schlampigsten; die Schlamperei

er **schlang** Efeu schlang sich um den Baum. ➛ schlingen

die **Schlan|ge** giftige Schlangen
schlän|geln ich schlängle, du schlängelst, er schlängelte
Wir schlängelten uns durch die Reihe.
schlank schlanker, am schlanksten; die Schlankheit
das **Schla|raf|fen|land** wie im Schlaraffenland leben
schlau schlauer, am schlausten; ein schlauer Fuchs
der **Schlauch** lange Schläuche; das Schlauchboot
die **Schlau|fe** mehrere Schlaufen; die Gürtelschlaufe
schlecht schlechter, am schlechtesten; etwas Schlechtes essen; das Schlechtwetter
schle|cken Er schleckte ein Eis.
schlei|chen du schleichst, er schlich, ihr seid geschlichen
der **Schlei|er** die Schleier; der Brautschleier, der Nebelschleier
die **Schlei|fe** lange Schleifen; das Schleifpapier

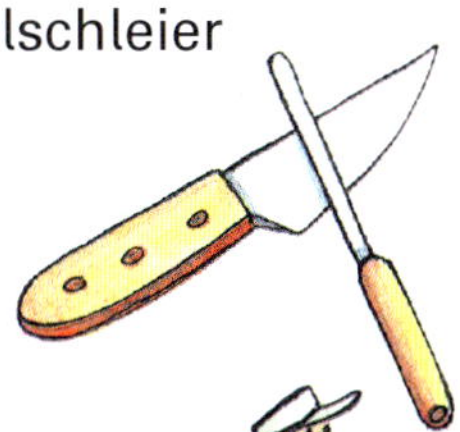

schlei|fen Sie schleift das Messer.
Er schliff den Edelstein.
Wir haben die Sensen geschliffen.

schlei|fen Er schleift den Sack über den Boden.
sie schleifte, wir haben geschleift

der **Schleim** verschiedene Schleime; schleimig
schlen|dern ich schlendere, sie schlenderte

	schlen|kern	Ich schlenkere die Arme. Er schlenkerte die Beine.
	schlep|pen	Patrick schleppte einen schweren Koffer. der Schlepplift; schleppend
	schleu|dern	ich schleudere, er schleuderte; ins Schleudern kommen
die	**Schleu|se**	die Schleusen eines Staudammes; schleusen
er	**schlich**	Er schlich aus dem Zimmer. ➛ schleichen
	schlicht	schlichter, am schlichtesten; ein schlichtes Kleid
	schlich|ten	Eva schlichtete den Streit. Tim schlichtete die Bücher.
er	**schlief**	Florian schlief fest. ➛ schlafen
	schlie|ßen	du schließt, sie schloss, er hat geschlossen; das Schließfach
	schließ|lich	Schließlich hatten wir den Weg gefunden.
er	**schliff**	Egon schliff das Messer. ➛ schleifen
der	**Schliff**	verschiedene Schliffe von Gläsern
	schlimm	schlimmer, am schlimmsten; auf das Schlimmste gefasst sein
	schlin|gen	du schlingst, er schlang, ihr habt geschlungen; die Schlinge, der Schlingel; die Schlingpflanze
der	**Schlit|ten**	schnelle Schlitten; Schlitten fahren; die Schlittenfahrt
der	**Schlitt|schuh**	neue Schlittschuhe; Schlittschuh laufen; der Schlittschuhläufer, die Schlittschuhläuferin
der	**Schlitz**	schmale Schlitze von Briefkästen
sie	**schloss**	Eva schloss das Fenster. ➛ schließen
das	**Schloss**	die Schlösser von Türen Der Schlüssel steckt im Schloss. der Schlosser, die Schlosserin; die Schlosserei prächtige Schlösser; der Schlossgeist, die Schlossruine

der	**Schlot**	die Schlote Dicker Rauch kam aus den Schloten der Fabrik.
	schlot|tern	Ich schlottere vor Kälte. Er schlotterte vor Angst.
die	**Schlucht**	tiefe Schluchten
	schluch|zen	du schluchzt, sie schluchzte
der	**Schluck**	mehrere Schlucke trinken; zwei Schluck Wasser
	schlu|cken	Er schluckte eine Tablette.
du	**schlugst**	Du schlugst zwei Eier in die Pfanne. Sie schlugen alles in Stücke. ➛ schlagen

schlum|mern ich schlummere, er schlummerte; der Schlummer
schlüp|fen Das Kücken schlüpfte aus dem Ei.
schlür|fen Er schlürfte seinen Tee.
der **Schluss** falsche Schlüsse ziehen; der Schluss des Films
der **Schlüs|sel** viele Schlüssel; das Schlüsselloch
schmal schmäler (= schmaler), am schmalsten;
die Schmalspurbahn
das **Schmalz** das Schmalzbrot
der **Schmar|ren** verschiedene Schmarren kochen
schmat|zen du schmatzt, er schmatzte
schmau|sen du schmaust, er schmauste; der Schmaus
schme|cken Die Suppe schmeckte ihm nicht.
schmei|cheln ich schmeichle, du schmeichelst, er schmeichelte
schmel|zen du schmilzt, es schmolz, es ist geschmolzen
der Schmelzpunkt
der **Schmerz** arge Schmerzen; schmerzhaft, schmerzstillend
schmer|zen Der Zahn schmerzte.
der **Schmet|ter|ling** bunte Schmetterlinge
der **Schmied** kräftige Schmiede
schmie|den Er schmiedete das Eisen. Sie schmiedete Pläne.
schmie|gen Die kleine Katze schmiegte ihren Kopf an mich.
schmie|ren Sie schmierte die Scharniere der Tür.
das Schmieröl; schmierig
es **schmilzt** Das Eis schmilzt in der Sonne. ➛ schmelzen
sich **schmin|ken** Sie schminkte sich vor dem Spiegel.
die Schminke
schmol|len Meine Freundin schmollte nach dem Streit.
es **schmolz** Das Eis schmolz. Ich schmolz Blei. ➛ schmelzen
der **Schmuck** Schmuck tragen; das Schmuckstück
schmü|cken Sie schmückten die Straßen.
schmug|geln ich schmuggle, du schmuggelst, er schmuggelte;
der Schmuggel
schmun|zeln ich schmunzle, du schmunzelst, er schmunzelte
schmut|zig schmutziger, am schmutzigsten; der Schmutz
der **Schna|bel** spitze Schnäbel

die **Schnal|le** Er machte die Schnalle
des Gürtels zu.
silberne Schnallen; schnallen
Die Türschnallen sind aus Messing.

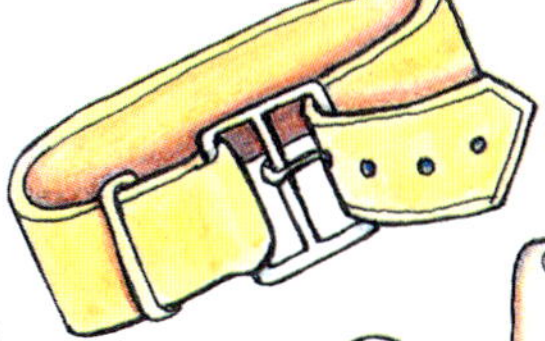

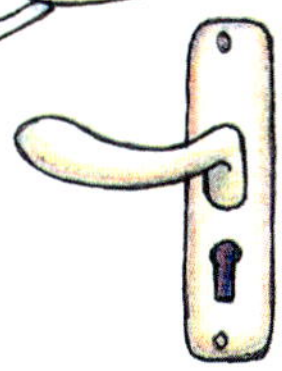

schnal|zen Du schnalzt mit der Zunge.
Er schnalzte mit der Peitsche.

schnap|pen Der junge Hund schnappte nach dem Knochen. der Schnappschuss
der **Schnaps** scharfe Schnäpse
schnar|chen Er schnarchte laut.
schnat|tern Die Gänse schnatterten auf dem Hof.
schnau|ben Das Pferd schnaubte.
die **Schnau|ze** verschiedene Schnauzen von Tieren
schnäu|zen du schnäuzt dich, er schnäuzte sich
die **Schne|cke** viele Schnecken im Garten; das Schneckentempo
der **Schnee** viel Schnee auf den Bäumen; der Schneeball, die Schneeflocke, die Schneewechte
das **Schnee|glöck|chen** Die Schneeglöckchen sind Frühlingsboten.
schnei|den du schneidest, er schnitt, ihr habt geschnitten; die Schneide
der **Schnei|der** tüchtige Schneider; schneidern
die **Schnei|de|rin** die Schneiderinnen
schnei|en Heute Nacht schneite es.
schnell schneller, am schnellsten; der Schnellläufer, die Schnellläuferin; die Schnelligkeit
die **Schnell|bahn** mit der Schnellbahn in die Stadt fahren
der **Schnitt** die Schnitte; der Haarschnitt, der Scherenschnitt
sie **schnitt** Die Mutter schnitt die Torte in Stücke. ➛ schneiden
die **Schnit|te** mehrere Schnitten Brot; die Topfenschnitte
der **Schnitt|lauch** ein Butterbrot mit Schnittlauch
das **Schnit|zel** die Wiener Schnitzel
schnit|zen du schnitzt, er schnitzte; der Schnitzer, die Schnitzerin, die Schnitzerei
der **Schnor|chel** Die Kinder nehmen die Schnorchel zum Tauchen.
schnor|cheln ich schnorchle, du schnorchelst, er schnorchelte
schnüf|feln ich schnüffle, du schnüffelst, er schnüffelte; der Schnüffler, die Schnüfflerin
der **Schnul|ler** bunte Schnuller für das Baby
der **Schnup|fen** starken Schnupfen haben
schnup|pern Der Hund schnupperte an meiner Hand.
die **Schnur** lange Schnüre; Schnur springen; das Schnurspringen
schnü|ren Ich schnürte meine Schuhbänder. der Schnürriemen
der **Schnurr|bart** die Schnurrbärte
schnur|ren Die Katze schnurrte.
er **schob** Er schob den Kinderwagen. ➛ schieben
der **Scho|ber** viele Schober (z. B. aufgerichtete Heuhaufen)

das **Schö|berl** gute Schöberln in der Suppe
der **Schock** schwere Schocks erleiden; schockieren
die **Scho|ko|la|de** verschiedene Schokoladen; der Schokoriegel

die **Schol|le** gebackene Schollen; die Eisscholle

schon Er ist schon da.
schön schöner, am schönsten; etwas Schönes erleben; die Schönheit, das Schönschreiben
scho|nen Sie schonte ihre Augen.
der **Schopf** die Schöpfe; der Haarschopf
schöp|fen Sie schöpfte Hoffnung. Er schöpfte Wasser. der Schöpfer, die Schöpfung
er **schor** Der Landwirt schor die Schafe. ➛ scheren
der **Schorn|stein** hohe Schornsteine der Fabrik
er **schoss** Er schoss den Ball zu hoch. ➛ schießen
der **Schoß** die Schöße; das Kind auf den Schoß nehmen

die **Scho|te** Sie lösten Erbsen aus den Schoten.

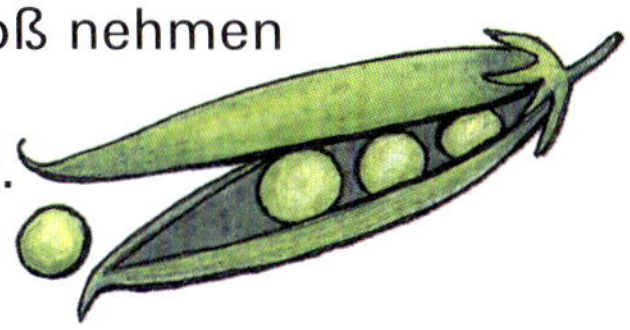

der **Schot|ter** grobe Schotter
Schott|land der Schotte, die Schottin; schottische Musik
schräg schräger, am schrägsten; der Schrägstrich

der **Schrank** hohe Schränke; Hosen aus dem Schrank nehmen

der **Schran|ken** die Schranken bei Bahnübergängen
die **Schrau|be** lange Schrauben; der Schraubenzieher, der Schraubstock; schrauben
der **Schre|ber|gar|ten** viele Schrebergärten
schre|cken Sie schreckte ihn. der Schreck; schreckhaft, schrecklich
schrei|ben du schreibst, er schrieb, ihr habt geschrieben; das Schreiben, der Schreiber, die Schreiberin; die Schreibmaschine, das Schreibpapier
schrei|en du schreist, sie schrie, er hat geschrien; der Schrei; der Schreihals
schrei|ten du schreitest, er schritt, er ist geschritten
er **schrie** Tom schrie laut. ➛ schreien

sie **schrieb** Elisabeth schrieb schön. ➛ schreiben
die **Schrift** alte Schriften; der Schriftsteller, die Schirftstellerin; schriftlich
schrill schriller, am schrillsten; ein schriller Pfiff
die **Schrimps** (= die Shrimps) Isst du gerne Schrimps (Krabben)?
sie **schritt** Die Königin schritt durch den Saal. ➛ schreiten
der **Schritt** die Schritte; das Schritttempo
schroff schroffer, am schroffsten; ein schroffer Felsen
der **Schrot** (= das Schrot), die Schrote; Getreide zu Schrot mahlen
der **Schrott** Schrott (unbrauchbar gewordene Metallgegenstände) sammeln
schrub|ben Sie schrubbte den Küchenboden.
schrump|fen Die Wäsche schrumpfte in zu heißem Wasser.
der **Schub|kar|ren** schwere Schubkarren schieben

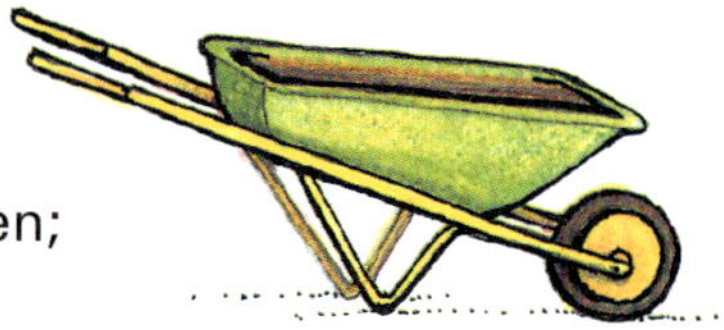

schüch|tern schüchterner, am schüchternsten; die Schüchternheit
der **Schuft** gemeine Schufte
der **Schuh** ein Paar Schuhe; der Schuhmacher, die Schuhmacherin, die Schuhsohle
die **Schuld** hohe Schulden; jemandem Geld schulden; etwas schuldig sein
die **Schuld** Es ist meine Schuld. Du bist schuld daran! Du hast Schuld daran! Der Angeklagte ist schuldig.
die **Schu|le** die Schulen; die Schularbeit, der Schulbus
der **Schü|ler** die Schüler; der Schülerausweis
die **Schü|le|rin** die Schülerinnen
die **Schul|ter** breite Schultern
schup|fen Er schupfte den Ball über die Mauer.
die **Schup|pe** die Schuppen der Fische; die Kopfschuppen
der **Schup|pen** verfallene Schuppen

schür|fen Er schürfte nach Gold.
die **Schür|ze** bunte Schürzen
der **Schuss** mehrere Schüsse
die **Schüs|sel** Schüsseln aus Porzellan
der **Schus|ter** tüchtige Schuster
die **Schus|te|rin** die Schusterinnen
der **Schutt** Schutt abladen; der Schutthaufen

schüt|teln ich schüttle, du schüttelst, er schüttelte; der Schüttelfrost
schüt|ten Sie schüttete Wasser in den Ausguss.
Gestern schüttete es den ganzen Tag.
der **Schüt|ze** gute Schützen; Schütze im Sternzeichen sein;
das Schützenfest
schüt|zen du schützt, er schützte; der Schutz;
die Schutzimpfung, der Schutzweg
schwach schwächer, am schwächsten; die Schwäche
der **Schwa|ger** meine beiden Schwager
die **Schwä|ge|rin** die Schwägerinnen
die **Schwal|be** viele Schwalben; das Schwalbennest
ich **schwamm** Ich schwamm in einem See. ➛ schwimmen
der **Schwamm** große Schwämme
das **Schwam|merl** einige Schwammerln im Wald finden

der **Schwan** weiße Schwäne

sie **schwand** Meine Kraft schwand. ➛ schwinden
er **schwang** Er schwang die Fahne. ➛ schwingen
schwan|ger Sie ist schwanger.
die Schwangere; die Schwangerschaft
schwan|ken Die Äste schwankten heftig im Wind.
eine schwankende Leiter
der **Schwanz** buschige Schwänze von Tieren; schwänzeln
schwän|zen du schwänzt, er schwänzte

der **Schwarm** riesige Schwärme von Bienen;
schwärmen

die **Schwar|te** dicke Schwarten; die Speckschwarte
schwarz schwarze Schafe; schwarzweiß,
schwarzer (= Schwarzer) Peter spielen;
das Schwarzbrot; ins Schwarze treffen,
eine Hose in Schwarz
schwät|zen du schwätzt, sie schwätzte; der Schwätzer,
die Schwätzerin
schwe|ben Die Gondel schwebte über dem Abgrund.
die Schwebebahn
Schwe|den der Schwede, die Schwedin; schwedische Lieder
der **Schwe|fel** Es riecht nach Schwefel.
der **Schweif** die Schweife von Pferden
schwei|gen du schweigst, er schwieg, wir haben
geschwiegen; das Schweigen; schweigsam

das	**Schwein**	die Schweine; der Schweinsbraten
der	**Schweiß**	Schweiß rinnt mir von der Stirn. der Schweißtropfen
	schwei|ßen	du schweißt, er schweißte
die	**Schweiz**	der Schweizer, die Schweizerin; das Schweizerdeutsch; schweizerische Kinder
	schwel|len	es schwillt, es schwoll, es ist geschwollen
	schwem|men	Sie schwemmte die Wäsche. Die Welle schwemmte Muscheln an den Strand.
	schwen|ken	Sie schwenkte das Tuch.
	schwer	schwerer, am schwersten; die Schwerkraft; schwerhörig
das	**Schwert**	scharfe Schwerter
die	**Schwes|ter**	zwei Schwestern; schwesterlich
ich	**schwieg**	Ich schwieg zu diesem Thema. ➛ schweigen
	schwie|rig	schwieriger, am schwierigsten; die Schwierigkeit
er	**schwillt**	Der Fuß schwillt. ➛ schwellen
	schwim|men	du schwimmst, er schwamm, ihr seid geschwommen; der Schwimmer, die Schwimmerin; die Schwimmflosse
	schwin|deln	ich schwindle, du schwindelst, er schwindelte; der Schwindel; der Schwindler, die Schwindlerin
	schwin|den	du schwindest, es schwand, es ist geschwunden
	schwind|lig	Mir ist ganz schwindlig!
	schwin|gen	du schwingst, er schwang, sie hat geschwungen; die Schwingung
	schwir|ren	Ein Schwarm Bienen schwirrte durch die Luft.
	schwit|zen	du schwitzt, er schwitzte; die Schwitzkur
	schwoll	Meine Zehe schwoll. ➛ schwellen
sie	**schwor**	Sie schwor ewige Treue. ➛ schwören
	schwö|ren	du schwörst, er schwor, ihr habt geschworen
	schwül	schwüler, am schwülsten; die Schwüle
der	**Schwung**	weite Schwünge; das Schwungrad; schwungvoll
der	**Schwur**	feierliche Schwüre
	sechs	6 sechs Äpfel, sechs Uhr; sechzehn, sechzig, sechshundert, sechsmal springen; der Sechser, der Sechste

der	**See**	tiefe Seen; die Seerundfahrt, die Seerose
die	**See**	auf hoher See mit dem Schiff fahren
die	**See|le**	die Seelen; der Seelsorger, die Seelsorgerin

das **Se|gel** weiße Segel; der Segler, die Seglerin; das Segelboot, das Segelschiff; segelfliegen

se|geln ich segle, du segelst, er segelte

der **Se|gen** Der Priester gibt den Segen.

seg|nen Der Pfarrer segnete die Gemeinde. die Segnung

se|hen du siehst, er sah, ihr habt gesehen

die **Se|hens|wür|dig|keit** Sehenswürdigkeiten besichtigen

die **Seh|ne** starke Sehnen

sich **seh|nen** Wir sehnten uns nach Ruhe. die Sehnsucht; sehnsüchtig

sehr sehr gut kochen, sehr viel essen

das **Sehr gut** die Note Sehr gut

sei Georg, sei bitte still!

seicht seichter, am seichtesten; ein seichter See

ihr **seid** Ihr seid immer sehr fröhlich. ➛ sein

die **Sei|de** glatte Seiden; das Seidenpapier

die **Sei|fe** duftende Seifen; die Seifenblase

das **Seil** dicke Seile; die Seilbahn, der Seiltänzer, die Seiltänzerin

sein ich bin, du bist, er ist, wir sind, ihr seid, du warst, er ist gewesen; lustig sein

sein sein Vater, seine Mutter, seine Eltern

seit Seit Wochen habe ich nichts von dir gehört.

die **Sei|te** die Seiten eines Buches
aber: die vier Saiten einer Violine

der **Se|kre|tär** zwei Sekretäre

die **Se|kre|tä|rin** die Sekretärinnen

Sek|re|tär
Sek|re|tä|rin

der **Sekt** perlende Sekte; die Sektflasche

die **Sek|te** Sekten sind Glaubensgemeinschaften.

die **Se|kun|de** zehn Sekunden lang tauchen; sekundenlang den Atem anhalten

sel|ber Das weiß ich selber.

selbst Den Kuchen habe ich selbst gebacken. selbstständig (= selbständig), selbstverständlich

selbst|be|wusst selbstbewusster, am selbstbewusstesten

der **Selbst|laut** a, e, i, o, u sind Selbstlaute.

das **Selbst|ver|trau|en** viel Selbstvertrauen haben

die **Sel|le|rie** (= der Sellerie); der Selleriesalat

sel|ten Ein Unglück kommt selten allein.

selt|sam eine seltsame Geschichte

das **Se|mes|ter** — die Semester; die Semesterferien
Ein Schuljahr hat zwei Semester.

die **Sem|mel** — frische Semmeln; der Semmelknödel

sen|den — ich sende, er sandte (= er sendete), sie hat gesandt (= sie hat gesendet);
eine Sendung erhalten

sen|den — Das Flugzeug sendete Notrufe.
Im Radio wurden Nachrichten gesendet.
eine Sendung, der Sender

der **Senf** — Würstel mit Senf; die Senfgurke

sen|ken — Tom senkte den Arm.

senk|recht — einen senkrechten Strich ziehen

die **Sen|sa|ti|on** — große Sensationen; sensationell

die **Sen|se** — scharfe Sensen

der **Sep|tem|ber** — die 30 Tage des September (= des Septembers)

die **Se|rie** — lange Serien im Fernsehen anschauen

die **Ser|pen|ti|ne** — viele Serpentinen;
die Serpentinenstraße

ser|vie|ren — Der Kellner servierte das Essen.
die Serviererin

die **Ser|vi|et|te** — weiße Servietten

ser|vus — Servus, Michi!

der **Ses|sel** — bequeme Sessel; der Sessellift

set|zen — Du setzt dich. Der Gärtner setzte Pflanzen.

die **Seu|che** — ansteckende Seuchen

seuf|zen — du seufzt, er seufzte; der Seufzer

die **Se|xu|al|er|zie|hung** — Wir haben Sexualerziehung.

das **Sham|poo** — milde Shampoos verwenden

der **She|riff** — die Sheriffs im Wilden Westen

die **Shorts** — im Sommer gerne Shorts tragen

die **Show** — unterhaltsame Shows; der Showmaster

die **Shrimps** — (= die Schrimps), eine Pizza mit Shrimps (Krabben)

sich — Er freute sich.

die **Si|chel** — scharfe Sicheln

si|cher — sicherer, am sichersten; die Sicherheit

die **Sicht** — Der Zug ist schon in Sicht.
sichtbar

si|ckern — Das Regenwasser sickerte in den Boden.

sie Gleich kommt sie.
„Frau Lang, Sie sind die Nächste."

das **Sieb** die Siebe

sie|ben Sie siebte das Mehl.

sie|ben 7 sieben Tage, sieben Uhr; siebzehn, siebzig, siebenhundert, siebenmal rufen; der Siebener, der Siebente

sie|den das Wasser siedet, es sott (= es siedete), es hat gesotten (= es hat gesiedet); siedend heiß

der **Sied|ler** viele Siedler; die Siedlung; das Siedlungshaus

die **Sied|le|rin** die Siedlerinnen

sie|gen ich siegte; der Sieg, der Sieger, die Siegerin

sie **sieht** Eva sieht gern Tierfilme. ➛ sehen

das **Sig|nal** die Signale **Si|gnal**
Der Schaffner gibt das Signal zur Abfahrt.

die **Sil|be** kurze Silben; die Silbentrennung

das **Sil|ber** eine Kette aus Silber; silbern

der **Si|lo** große Silos für Getreide

der **Sil|ves|ter** zu Silvester; der Silvesterabend

wir **sind** Wir sind im Schwimmbad. ➛ sein

sin|gen du singst, er sang, er hat gesungen

sin|ken es sinkt, es sank, es ist gesunken

der **Sinn** die fünf Sinne; das Sinnesorgan; sinnlos, sinnvoll

die **Si|re|ne** heulende Sirenen

der **Si|rup** die Sirupe; den Sirup mit Wasser verdünnen

die **Sit|te** die Sitten und Gebräuche

die **Si|tu|a|ti|on** gefährliche Situationen

sit|zen du sitzt, er saß, sie ist gesessen; der Sitz

die **Ska|la** Auf Skalen werden Gradeinheiten angegeben.

der **Skan|dal** große Skandale

das **Skate|board** mehrere Skateboards; skaten

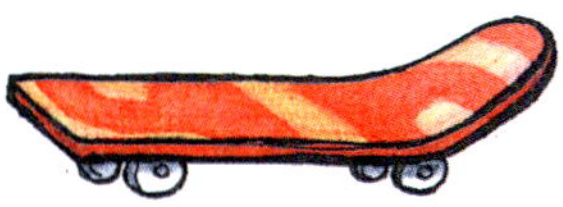

das **Ske|lett** die Skelette

der **Ski** (der Schi), zwei Ski (= zwei Skier); der Skifahrer, die Skifahrerin
In den Ferien werden wir Ski fahren.

die **Skiz|ze** viele Skizzen; skizzieren

der **Sla|lom** schwierige Slaloms fahren
die **Slo|wa|kei** der Slowake, die Slowakin; slowakische Tänze
Slo|we|ni|en der Slowene, die Slowenin; slowenische Kinder
das **Smart|phone** (= das Smart Phone), vielseitige Smartphones
der **Smog** Dichter Smog lag über der Stadt. Es gab Smogalarm.
die **SMS** (= das SMS): Textnachricht auf Handys
das **Snow|board** mit Snowboards über die Skipisten fahren
so so oft; so lange; so viel
so|bald Komm, sobald du kannst!
der **So|cken** dicke Socken
so|dass (= so dass) Es fiel Schnee, sodass ihr Ski fahren könnt.

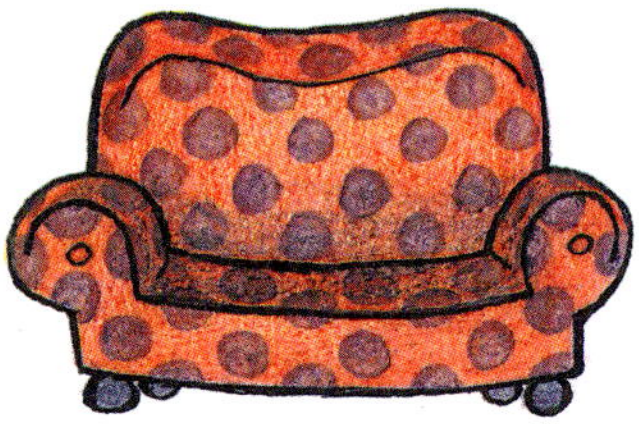

das **So|fa** bequeme Sofas
so|fort Er wird sofort kommen.
ich **sog** Ich sog an einem Strohhalm. ➛ saugen
so|gar Sogar den Eisbären war es zu kalt.
die **Soh|le** Seine Wanderschuhe haben dicke Sohlen.
der **Sohn** zwei Söhne
solch solche, solcher, solches
der **Sol|dat** die Uniform des Soldaten, viele Soldaten
sol|len Udo sollte pünktlich sein.
der **Som|mer** heiße Sommer; die Sommerferien; sommerlich
son|der|bar ein sonderbarer Vorfall
son|dern nicht ich, sondern du
die **Son|der|schu|le** verschiedene Sonderschulen
die **Son|ne** andere Sonnen im Weltall; der Sonnenbrand
sich **son|nen** du sonnst dich, wir sonnten uns
der **Sonn|tag** die Sonntage; am Sonntagabend
sonn|tags Meine Eltern gehen sonntags immer spazieren.
sonst sonst nichts
so|oft Sooft ich hingehe, bringe ich Blumen mit.
die **Sor|ge** große Sorgen
sor|gen Wir sorgten uns sehr. Die Kinder sorgten für den kranken Vogel.
die **Sorg|falt** mit großer Sorgfalt arbeiten; sorgfältig
die **Sor|te** verschiedene Sorten
sor|tie|ren Ich sortierte die Bücher nach ihrer Größe.
die **So|ß** (= die Soße), die Soßen ➛ die Sauce
es **sott** Das Ei sott in kochendem Wasser. ➛ sieden
das **Sou|ve|nir** nette Souvenirs (Andenken)

so|viel Soviel ich weiß, gibt es das nicht.
so|wie Sowie ich etwas erfahre, sage ich es dir.
so|wohl sowohl die Männer als auch die Frauen
so|zi|al sozialer, am sozialsten
Ein sozialer Mensch handelt für die Gemeinschaft.

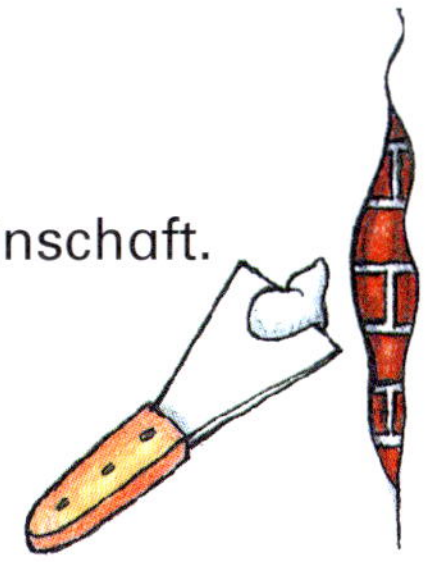

die **Spach|tel** die Spachteln

spach|teln ich spachtle, du spachtelst, er spachtelte
der **Spa|gat** dünne Spagate für Pakete;
Akrobaten, die Spagate machen
die **Spa|get|ti** (= die Spaghetti)
die **Spa|ghet|ti** (= die Spagetti), gerne Spaghetti essen
der **Spalt** die Spalte; das Fenster einen Spalt weit öffnen
die **Spal|te** In der Mauer zeigten sich tiefe Spalten.
spal|ten Er spaltete das Holz mit einer Hacke.
der **Span** viele Späne beim Hobeln; die Spanplatte, das Spanferkel
die **Span|ge** viele Spangen; die Haarspange
Spa|ni|en der Spanier, die Spanierin; spanische Tänze
sie **spann** Sie spann Flachs zu Garn. ➛ spinnen
span|nen Die Mutter spannte die Wäscheleine.
Pferde vor den Wagen spannen; die Spannung
span|nend spannender, am spannendsten
spa|ren Er sparte auf ein Fahrrad.
das Sparbuch, die Sparbüchse, die Sparkasse;
sparsam
der **Spar|gel** frische Spargel
der **Spaß** die Späße; der Spaßvogel
spa|ßen du spaßt, er spaßte; spaßig
spät später, am spätesten; spätestens morgen

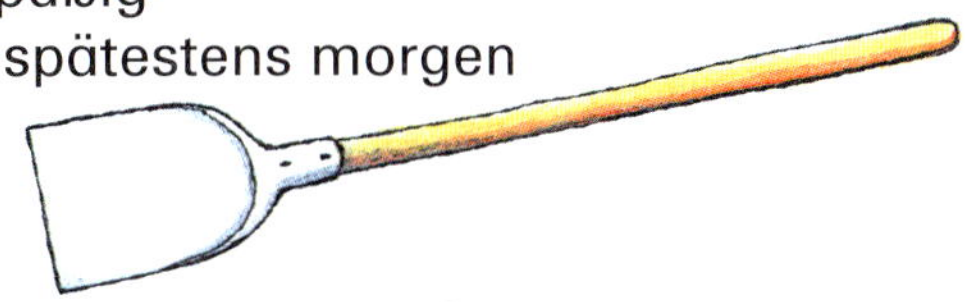

der **Spa|ten** die Spaten

der **Spatz** das Nest des Spatzen (= Spatzes), die Spatzen
spa|zie|ren Er spazierte neben dem Bach.
spazieren gehen; der Spaziergang
der **Specht** die Spechte
der **Speck** frischer Speck; der Speckknödel; speckig
der **Speer** lange Speere

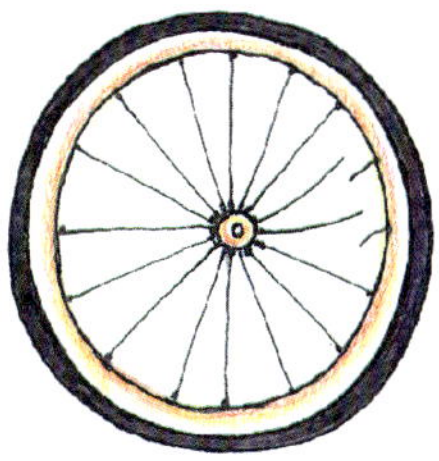

die **Spei|che** Die Speichen des Rades sind gebrochen.

der **Spei|chel** Dem Tier lief Speichel aus dem Maul.

der **Spei|cher** die Speicher
spei|chern Der Computer speicherte die Daten.
spei|en du speist, er spie, er hat gespien
die **Spei|se** warme Speisen; die Speisekarte, der Speisesaal
spei|sen du speist, er speiste
spen|den Wir spendeten für einen guten Zweck.
die Spende, der Spender, die Spenderin
der **Speng|ler** die Spengler, die Spenglerei
die **Speng|le|rin** die Spenglerinnen
der **Sper|ling** Viele Sperlinge fliegen durch den Wald.
sper|ren Der Polizist sperrte die Straße.
die Sperre; der Sperrmüll
der **Spe|zi|a|list** die Arbeit des Spezialisten, die Spezialisten
die **Spe|zi|a|lis|tin** die Spezialistinnen
er **spie** Der Vulkan spie Feuer. ➛ speien
der **Spie|gel** große Spiegel; das Spiegelbild; spiegelglatt
spieg|eln ich spiegle, du spiegelst, er spiegelte sich
spie|len Wir spielten Fußball.
das Spiel, der Spieler, die Spielerin;
der Spielfilm,der Spielplatz, die Spielsachen,
das Spielzeug

der **Spieß** lange Spieße
der **Spi|nat** grüner Spinat
die **Spin|ne** große Spinnen; das Spinnennetz
spin|nen du spinnst, er spann, sie hat gesponnen
der **Spi|on** einige Spione; spionieren

die **Spi|ra|le** lange Spiralen

das **Spi|tal** große Spitäler
spitz spitzer, am spitzesten; der Spitz, die Spitze;
der Spitzbub, der Spitzname
spit|zen Eva spitzte den Bleistift.
der **Split|ter** kleine Splitter; der Glassplitter; splittern
der **Sport** Sport betreiben; der Sportplatz; sportlich
der **Sport|ler** viele Sportler
die **Sport|le|rin** die Sportlerinnen
spot|ten er spottete; der Spott, der Spötter, die Spötterin;
spöttisch
sie **sprach** Sie sprach mehrere Sprachen. ➛ sprechen
die **Spra|che** mehrere Sprachen können; der Sprachfehler
ich **sprang** Ich sprang über den Bach. ➛ springen

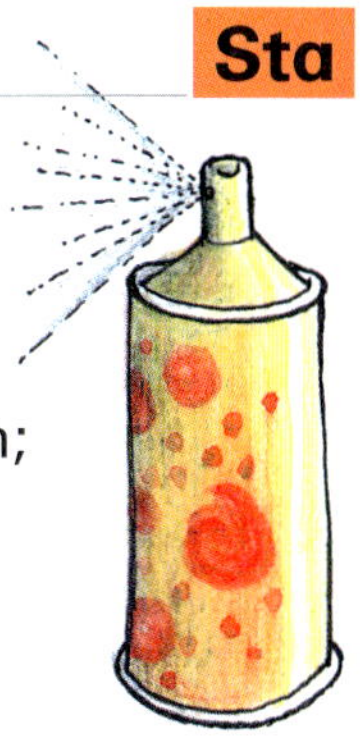

der **Spray** (= das Spray), mehrere Sprays;
die Spraydose

spre|chen du sprichst, ich sprach, ich habe gesprochen;
der Sprecher, die Sprecherin

spren|gen Die Arbeiter sprengten den Felsen.
der Sprengkörper, der Sprengstoff

sie **spricht** Eva spricht laut und deutlich. ➛ sprechen

das **Sprich|wort** bekannte Sprichwörter; sprichwörtlich

sprie|ßen es sprießt, es spross, es ist gesprossen

sprin|gen du springst, er sprang, ihr seid gesprungen;
der Springer, die Springerin; die Springschnur

sprit|zen du spritzt, er spritzte; die Spritze

es **spross** Das Gras spross aus dem Boden. ➛ sprießen

die **Spros|se** die Sprossen; die Sprossenwand

der **Spruch** einige Sprüche

spru|deln ich sprudle, du sprudelst, es sprudelte;
der Sprudler

sprü|hen Funken sprühten nach allen Seiten.
die Sprühdose

der **Sprung** weite Sprünge; das Sprungbrett, die Sprung-
schanze, das Sprungtuch

spu|cken Tom spuckte den Kirschkern
über den Zaun.
die Spucke

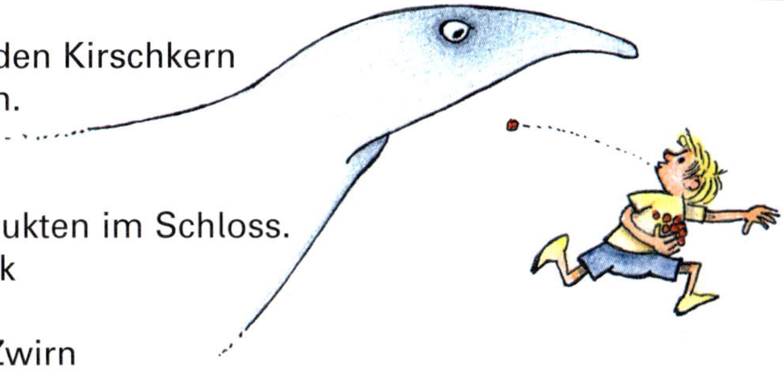

spu|ken Die Geister spukten im Schloss.
ein böser Spuk

die **Spu|le** viele Spulen Zwirn

spü|len Ich spülte das Geschirr.
die Spülung

die **Spur** die Spuren von Tieren verfolgen; spurlos

spü|ren Eva spürte den Schmerz.
der Spürhund, die Spürnase

der **Staat** viele Staaten; der Staatsbürger,
die Staatsbürgerin; staatlich

der **Stab** dünne Stäbe

sta|bil (dauerhaft), stabiler, am stabilsten; ein stabiler Tisch

sie **stach** Die Wespe stach mich in den Finger. ➛ stechen

der **Sta|chel** giftige Stacheln; die Stachelbeere,
der Stacheldraht; stachelig

der **Sta|del** Die Stadel waren voll mit Heu.
das **Sta|di|on** die Stadien
die **Stadt** die Städte; der Städter, die Städterin; städtisch
die **Staf|fel** die Staffeln, der Staffellauf; die (= der) Türstaffel
er **stahl** Der Dieb stahl den ganzen Schmuck. ➛ stehlen
der **Stahl** ein Gerüst aus Stahl; stählerne Ketten
der **Stall** saubere Ställe
der **Stamm** die Stämme; das Stammbuch; stammen
stam|meln ich stammle, du stammelst, er stammelte
stamp|fen Er stampfte mit dem Fuß.
der Stampfer
ich **stand** Ich stand neben Angelika. ➛ stehen
der **Stand** mehrere Stände; der Standplatz
stän|dig Er ärgert mich ständig.
die **Stan|ge** lange Stangen
der **Stän|gel** dünne Stängel
das **Sta|nit|zel** die Stanitzel mit Eiskugeln
es **stank** Es stank fürchterlich nach Rauch. ➛ stinken
das **Stan|ni|ol** etwas in Stanniol einpacken; das Stanniolpapier
sta|peln ich staple, du stapelst, er stapelte; der Stapel
stap|fen Sie stapften durch den Schnee.

der **Star** Stare gehören zu den Singvögeln.

der **Star** berühmte Stars; der Filmstar

er **starb** Er starb an einer schweren Krankheit.
➛ sterben

stark stärker, am stärksten; die Stärke, die Stärkung
starr starrer, am starrsten; die Starrheit; starrköpfig
der **Start** die Starts (= die Starte); starten; startbereit
die **Sta|ti|on** viele Stationen
statt Er kaufte einen Pullover statt einer Jacke.
statt|fin|den Die Feier findet nicht statt. ➛ finden
die **Sta|tue** riesige Statuen
der **Staub** Staub saugen (= staubsaugen); der Staubsauger, das Staubtuch; stauben; staubig
die **Stau|de** dürre Stauden
stau|en Überall staute sich das Wasser.
der Stau; der Staudamm, der Stausee
stau|nen Sie staunte über die Neuigkeit.
das **Steak** saftige Steaks essen
ste|chen du stichst, er stach, ihr habt gestochen

	ste|cken	Er steckte den Schlüssel ins Schloss. der Stecker; die Steckdose, die Stecknadel
der	**Ste|cken**	die Stecken; der Wanderstecken
der	**Steg**	die Stege Sie überquerte den Bach auf einem Steg.
	ste|hen	du stehst, ich stand, ich bin gestanden; die Stehlampe
	steh|len	du stiehlst, er stahl, ihr habt gestohlen
die	**Stei|er|mark**	der Steirer, die Steirerin; steirische Kinder
	steif	steifer, am steifsten; ein steifer Finger
	stei|gen	du steigst, sie stieg, ihr seid gestiegen; der Steig, die Steigung
	stei|gern	Ich steigere das Tempo. Der Jubel steigerte sich.
	steil	steiler, am steilsten; der Steilhang
der	**Stein**	die Steine; der Steinbock, das Steinobst, die Steinschleuder; steinern; steinig
die	**Stel|la|ge**	mehrere Stellagen mit Konservendosen
	stel|len	Er stellte das Buch auf seinen Platz. die Stelle, die Stellung
die	**Stel|ze**	auf Stelzen gehen; saftige Stelzen essen
	stem|men	Er stemmte ein Loch. das Stemmeisen
der	**Stem|pel**	runde Stempel; das Stempelkissen
	stem|peln	ich stemple, du stempelst, er stempelte
der	**Ste|phans|dom**	Der Stephansdom ist ein Wahrzeichen Wiens.
die	**Step|pe**	Steppen sind weite, trockene Ebenen.
	step|pen	Eva steppte mit der Nähmaschine. die Steppdecke Tina steppte auf der Bühne. der Stepptanz
	ster|ben	du stirbst, sie starb, er ist gestorben
das	**Ste|reo**	eine Sendung in Stereo hören; die Stereoanlage
der	**Stern**	viele Sterne; die Sternschnuppe, das Sternsingen
der	**Sterz**	die Sterze Der Sterz ist eine typisch österreichische Speise.
	stets	Er kam stets zu spät.

das	**Steuer**	zwei Steuer; der Steuermann
die	**Steuer**	Steuern zahlen
	steuern	ich steuere, du steuerst, er steuerte
der	**Stich**	viele Stiche; die Stichflamme, das Stichwort
es	**sticht**	Das Schiff sticht in See. ➛ stechen
	sticken	Sie stickte ein Muster. die Stickerei
	stickig	stickiger, am stickigsten; stickige Luft
der	**Stiefel**	hohe Stiefel; stiefeln
die	**Stiefeltern**	Stiefeltern, das sind Stiefmutter und Stiefvater.
das	**Stiefkind**	die Stiefkinder
ich	**stieg**	Ich stieg auf einen Berg. ➛ steigen
die	**Stiege**	hohe Stiegen; das Stiegenhaus
er	**stiehlt**	Der Dieb stiehlt eine Handtasche. ➛ stehlen
der	**Stiel**	passende Stiele für Besen
der	**Stier**	junge Stiere
er	**stieß**	Er stieß ihn ins Wasser. ➛ stoßen
das	**Stift**	alte Stifte; die Stiftskirche
der	**Stift**	dünne Stifte; der Filzstift
	stiften	Sie stiftete Frieden. die Stiftung
	still	stiller, am stillsten; die Stille
	stillen	Die Mutter stillte den Säugling.
die	**Stimme**	laute Stimmen
	stimmen	Das Ergebnis der Rechnung stimmte. Gerhard stimmte das Klavier.
die	**Stimmung**	verschiedene Stimmungen haben
	stinken	es stinkt, es stank, es hat gestunken
er	**stirbt**	Der Hamster stirbt. ➛ sterben
die	**Stirn**	(= die Stirne), hohe Stirnen; das Stirnband
	stöbern	Ich stöberte in der Kiste.
	stochern	Herbert stocherte im Essen.
der	**Stock**	die Stöcke
der	**Stöckel**	der Stöckelschuh
	stocken	Der Verkehr stockte. Mir stockte der Atem.
das	**Stockerl**	hölzerne Stockerln
das	**Stockwerk**	die Stockwerke
der	**Stoff**	kostbare Stoffe; die Stofffarbe, das Stofffleckerl
	stöhnen	Er stöhnte vor Schmerzen.
der	**Stollen**	die Stollen; der Bergstollen; der Nussstollen

	stolpern	ich stolpere, du stolperst, er stolperte
	stolz	stolzer, am stolzesten; der Stolz; stolzieren
	stopfen	Die Großmutter stopfte die Socken.
der	**Stoppel**	einige Stoppel für Flaschen; der Stoppelzieher
die	**Stoppel**	kurze Stoppeln; der Stoppelbart, das Stoppelfeld
	stoppen	Wir stoppten den Wettlauf. Stopp! das Stopplicht, die Stopptafel, die Stoppuhr
der	**Stöpsel**	die Stöpsel für Flaschen
der	**Storch**	junge Störche; das Storchennest
	stören	Eva störte den Unterricht. die Störung; der Störenfried
	störrisch	störrischer, am störrischsten; ein störrischer Esel
der	**Stoß**	die Stöße; der Stoßdämpfer, die Stoßstange
	stoßen	du stößt, sie stieß, ihr habt gestoßen
er	**stößt**	Paul stößt ständig seinen Nachbarn. ➛ stoßen
	stottern	ich stottere, er stotterte
	St. Pölten	➛ Sankt Pölten
die	**Strafe**	milde Strafen; der Sträfling; strafen
	straff	straffer, am straffsten; ein straff gespanntes Seil
der	**Strahl**	die Strahlen; die Strahlung; der Sonnenstrahl
	strahlen	Die Sonne strahlte.
die	**Strähne**	weiße Strähnen im Haar
	strampeln	ich strample, du strampelst, er strampelte
der	**Strand**	weiße Strände; das Strandbad; stranden
der	**Strang**	dicke Stränge
die	**Straße**	viele Straßen; die Straßenbahn, der Straßengraben, die Straßenkreuzung
	sträuben	Sie sträubte sich gegen die Impfung.
der	**Strauch**	grüne Sträucher
der	**Strauß**	bunte Sträuße aus Wiesenblumen; zwei Sträuße im Tiergarten; das Straußenei
die	**Strecke**	weite Strecken zu Fuß gehen
	strecken	Wir streckten die Arme.
der	**Streich**	lustige Streiche
	streicheln	ich streichle, du streichelst, er streichelte

strei|chen du streichst, sie strich, ihr habt gestrichen; das Streichholz
strei|fen Wir streiften durch den Wald.
der **Strei|fen** bunte Streifen
der **Streik** die Streiks; streiken
strei|ten er streitet, sie stritt, ihr habt gestritten; der Streit, die Streiterei; streitsüchtig
streng strenger, am strengsten; die Strenge
der **Stress** Wegen der vielen Arbeit kam sie in Stress.
streu|en Er streute Sand auf die vereiste Straße.
streu|nen In der Nacht streunte die Katze durch die Gasse.
er **strich** Er strich Butter aufs Brot. ➛ streichen
der **Strich** viele Striche; der Strichpunkt
der **Strick** feste Stricke; die Strickleiter
stri|cken Sie strickte einen Pullover. die Strickerei; die Stricknadel
der **Strie|zel** (= das Striezel), frische Striezel
er **stritt** Klaus stritt mit seinem besten Freund. ➛ streiten
das **Stroh** dürres Stroh; der Strohhalm, der Strohhut
der **Strolch** einige Strolche; strolchen

der **Strom** die Ströme; die Strömung; strömen; der Donaustrom; der elektrische Strom

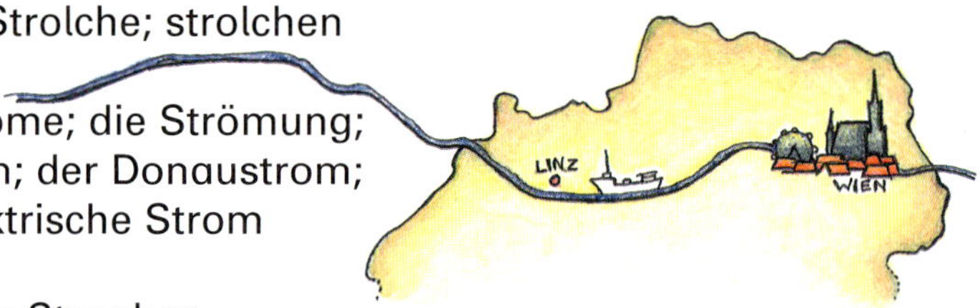

die **Stro|phe** mehrere Strophen eines Liedes singen

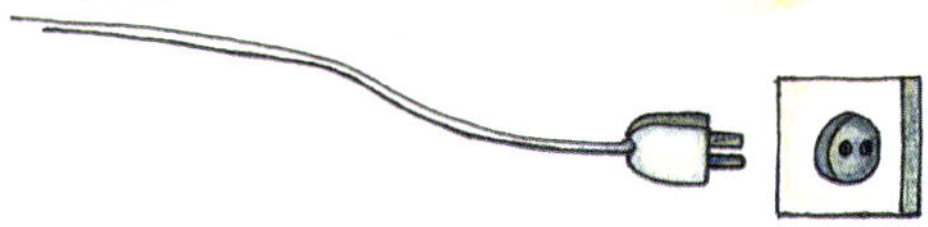

strot|zen Er strotzte vor Kraft.
der **Stru|del** verschiedene Strudel
der **Strumpf** lange Strümpfe; die Strumpfhose
strup|pig struppiger, am struppigsten; ein struppiges Fell
der **Struw|wel|pe|ter** Der Struwwelpeter wusch sich nie.
die **Stu|be** große Stuben; das Stüberl
das **Stück** etwas in zwei Stücke teilen; zwei Stück Zucker
stü|ckeln ich stückle, du stückelst, er stückelte
der **Stu|dent** die Studenten
die **Stu|den|tin** die Studentinnen
stu|die|ren sie studierte; das Studium
das **Stu|dio** die Studios Im Studio wurden Aufnahmen gemacht.
die **Stu|fe** hohe Stufen
der **Stuhl** die Stühle
stumm vor Schreck stumm sein; der Stummfilm

der	**Stum|mel**	viele Stummel von Kerzen oder Zigaretten
	stumpf	stumpfer, am stumpfsten; ein stumpfes Messer
die	**Stun|de**	viele Stunden; der Stundenplan, der Stundenzeiger; stündlich; stundenlang
	stur	ein stures Kind
der	**Sturm**	heftige Stürme; der Stürmer, die Stürmerin
	stür|men	Er stürmte ins Klassenzimmer. stürmisch
der	**Sturz**	schwere Stürze; der Sturzhelm
	stür|zen	du stürzt, er stürzte
die	**Stu|te**	zwei Stuten
	stut|zen	du stutzt, er stutzte
	stüt|zen	du stützt ihn, ich stützte ihn; die Stütze
das	**Sub|jekt**	die Subjekte in den Sätzen
	sub|tra|hie|ren	Er subtrahierte bei der Schularbeit.
die	**Sub|trak|ti|on**	schwere Subtraktionen rechnen
	su|chen	Eva suchte den Fehler. die Suche
das	**Sucht|gift**	gefährliche Suchtgifte wie Alkohol oder Nikotin
	süch|tig	Herr Müller ist nach Kaffee süchtig.
der	**Sü|den**	im Süden; die Südfrucht, der Südpol, Südtirol, der Südwind; südlich
die	**Sum|me**	hohe Summen
	sum|men	Die Bienen summten.
der	**Sumpf**	ausgedehnte Sümpfe; das Sumpfland; sumpfig
die	**Sün|de**	die Sünden bereuen
der	**Su|per|in|ten|dent**	Superintendenten sind hohe evangelische Geistliche.
die	**Su|per|in|ten|den|tin**	die Superintendentinnen
der	**Su|per|markt**	die Supermärkte
die	**Sup|pe**	heiße Suppen essen; der Suppenlöffel
	sur|fen	er surfte; der Surfer, die Surferin; das Surfbrett; im Internet surfen
	sur|ren	Die Maschine surrte.
	süß	süßer, am süßesten; süße Zuckerln; die Süßigkeit
der	**Swim|ming|pool**	die Swimmingpools
das	**Sym|bol**	Symbole sind Zeichen.
	sym|pa|thisch	sympathischer, am sympathischsten; die Sympathie
die	**Sy|na|go|ge**	Synagogen sind jüdische Bethäuser.
die	**Sze|ne**	spannende Szenen im Film

147

der **Tabak**	verschiedene Tabake; die Tabaktrafik	
die **Tabelle**	lange Tabellen schreiben	
das **Tablet**	Tablets sind tragbare, flache Computer.	**Tablet**
das **Tablett**	silberne Tabletts (= silberne Tablette)	**Tablett**
die **Tablette**	Der Apotheker verkauft viele Tabletten.	**Tablette**
der **Tachometer**	(= das Tachometer), die Tachometer Der Tachometer zeigte 120 Stundenkilometer an.	
die **Tafel**	In unserer Schule gibt es 8 Tafeln.	
der **Tag**	viele Tage; die Tageszeitung; tagelang	
täglich	täglich mit dem Bus zur Schule fahren	
der **Takt**	regelmäßige Takte; das Taktgefühl	
das **Tal**	die Täler; die Talstation; talwärts gehen	
das **Talent**	große Talente; talentiert sein	
tanken	Der Vater tankte Diesel. Der Tank ist leer. die Tankstelle, der Tankwart, die Tankwartin	
die **Tanne**	hohe Tannen; der Tannenbaum	
die **Tante**	die Tanten	
tanzen	du tanzt, sie tanzte; der Tanz, der Tänzer, die Tänzerin	
die **Tapete**	bunte Tapeten	
tapezieren	Monika tapezierte die Wände in der Küche. der Tapezierer, die Tapeziererin	
tapfer	tapferer, am tapfersten; die Tapferkeit	
tarnen	Wir tarnten uns, damit uns niemand entdeckt. die Tarnkappe, die Tarnung	
die **Tasche**	die Taschen; die Taschenlampe, das Taschentuch	
die **Tasse**	die Tassen füllen	
die **Tastatur**	die Tastaturen	
die **Taste**	die Tasten des Klaviers	
tasten	Der Blinde tastete vorsichtig der Mauer entlang. der Tastsinn	
er **tat**	Julia tat der gebrochene Finger sehr weh. ➛ tun	
die **Tat**	gute Taten vollbringen; der Täter, die Täterin	
die **Tatze**	die kräftigen Tatzen des Bären	
das **Tau**	Lange Taue hängen im Turnsaal.	
der **Tau**	Am Morgen sind alle Pflanzen voll mit Tau.	
taub	ein taubes Kind; taubstumm; die Taubheit	
die **Taube**	gurrende Tauben	

tauchen	Koni tauchte nach großen Muscheln. der Taucher, die Taucherin
tauen	Der Schnee taute im Sonnenschein.
taufen	Der Pfarrer taufte das Baby. die Taufe; der Taufpate, die Taufpatin
tauschen	Du tausch(s)t deine Füllfeder gegen einen Ball. ich tauschte; der Tausch
täuschen	du täusch(s)t, er täuschte sich; die Täuschung
tausend	1000 tausend Fische, der tausendste Besucher; der Tausender

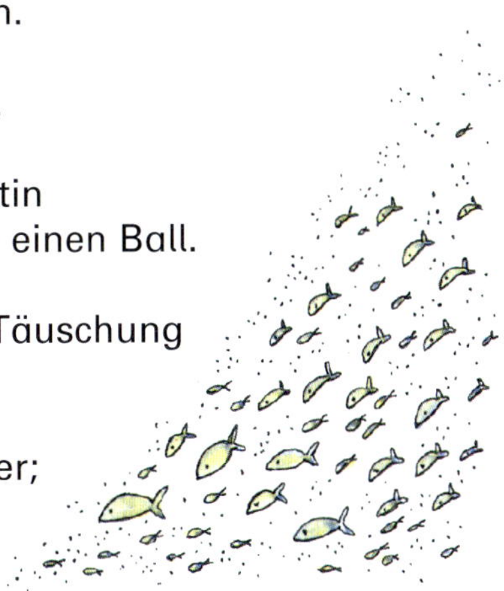

das **Taxi**	die Taxis (= die Taxi)
das **Team**	Zwei Teams spielen gegeneinander.
die **Technik**	verschiedene Techniken; technisch begabt sein
der **Teddy**	die Teddys
der **Teddybär**	Teddybären aus Plüsch
der **Tee**	verschiedene Tees; der Teebeutel, die Teekanne
der **Teer**	Teer ist ein zähflüssiges, schwarzes Material.
der **Teich**	In unserem Park gibt es zwei Teiche.
der **Teig**	die Teige; die Teigwaren
der **Teil**	die Teile einer Maschine
teilen	Lisa teilte ihre Jause mit Gabi.
das **Telefon**	die Telefone; telefonieren; telefonisch
das **Telegramm**	Telegramme sind Kurzmitteilungen, die sehr rasch weitergeleitet werden.
der **Teller**	die Teller
der **Tempel**	die Tempel
die **Temperatur**	hohe Temperaturen
das **Tempo**	viele Tempi (= viele Tempos) beim Schwimmen machen; mit hohem Tempo fahren
das **Tennis**	Tennis spielen; der Tennisball, der Tennisplatz
der **Teppich**	färbige Teppiche; der Teppichboden
der **Termin**	wichtige Termine haben; der Terminkalender
die **Terrasse**	sonnige Terrassen Im Sommer essen wir immer auf der Terrasse.
der **Terror**	der Terrorist, die Terroristin Terroristen verbreiten Schrecken durch gewalttätige Handlungen.
der **Test**	schwierige Tests; jemanden testen

das **Tes|ta|ment** — Testamente enthalten den letzten Willen von Menschen.

teu|er — teurer, am teuersten; ein teures Auto

der **Teu|fel** — die Teufel; ein teuflischer Plan

der **Text** — lange Texte schreiben

das **The|a|ter** — die Theater; das Theaterstück

das **The|ma** — die Themen der Aufsätze

das **Ther|mal|bad** — In Österreich gibt es viele Thermalbäder.

das **Ther|mo|me|ter** — (= der Thermometer), die Thermometer

die **Ther|mos|fla|sche** — in Thermosflaschen Getränke warm halten

der **Thron** — die Throne

der **Thun|fisch** — (= der Tunfisch), die Thunfische

ti|cken — Die Uhr tickte laut.

tief — tiefer, am tiefsten; die Tiefe; die Tiefgarage

der **Tie|gel** — die Tiegel mit Cremen füllen

das **Tier** — die Tiere; die Tierquälerei, der Tierschutz

der **Ti|ger** — die Tiger

die **Tin|te** — blaue Tinten; die Tintenpatrone

der **Tipp** — gute Tipps geben

tip|pen — Die Sekretärin tippte auf der Schreibmaschine.

Ti|rol — der Tiroler, die Tirolerin; Tiroler Kinder; die tirolerischen Speisen

der **Tisch** — die Tische; das Tischtennis, das Tischtuch

der **Tisch|ler** — die Tischler; die Tischlerei; tischlern

die **Tisch|le|rin** — die Tischlerinnen

der **Ti|tel** — verschiedene Titel; das Titelbild

der **Toast** — belegte Toaste (= belegte Toasts); der Toaster

die **Toch|ter** — die Töchter

der **Tod** — ein schmerzloser Tod; tödlich

die **Toi|let|te** — die Toiletten; das Toilettepapier

toll — toller, am tollsten; tolle Neuigkeiten

die **Toll|wut** — an Tollwut erkranken; tollwütige Füchse

die **To|ma|te** — reife Tomaten; der Tomatensaft

die **Tom|bo|la** — bei Tombolas Preise gewinnen

der **Ton** — gebrannte Tone; das Tongeschirr, die Tonvase

der **Ton** — hohe Töne; das Tonband, die Tonleiter

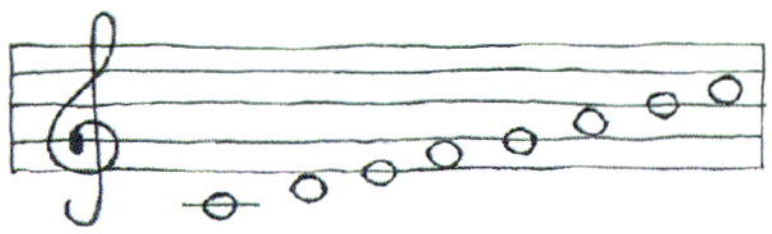

die **Ton|ne** — mehrere Tonnen wiegen; tonnenweise

der **Topf** — volle Töpfe; die Topfpflanze

der **Top|fen** — der Topfenstrudel

der **Töpfer** – die Töpfer; die Töpferei, die Töpferscheibe
die **Töpferin** – die Töpferinnen
das **Tor** – die Tore der Kirche; die Tore am Fußballfeld
torkeln – ich torkle, du torkelst, er torkelte
die **Torte** – cremige Torten; die Tortenschaufel
tot – tote Vögel; der Tote, die Tote; die Totenstille
töten – Der Fuchs tötete eine Gans.
der **Tourismus** – Tourismus nennt man auch Fremdenverkehr.
der **Tourist** – die Touristen
die **Touristin** – die Touristinnen
der **Tower** – Ein Tower ist ein Kontrollturm am Flughafen. Tower sind Rechner in Turmform.
traben – Das Pferd trabte. im Trab reiten
die **Tracht** – bunte Trachten; das Trachtenfest
trächtig – Die trächtige Kuh trägt ein Kalb aus.
sie **traf** – Lena traf ihre Freundin. ➛ treffen
die **Trafik** – die Trafiken; der Trafikant, die Trafikantin
tragen – du trägst, sie trug, ihr habt getragen
du **trägst** – Du trägst eine schwere Schultasche. ➛ tragen
trainieren – Der Läufer trainierte täglich für das Rennen.
das **Training** – die Trainings; der Trainingsanzug
der **Traktor** – die Traktoren
trampeln – ich trample, du trampelst, er trampelte
das **Trampolin** – hohe Trampoline im Schwimmbad
die **Träne** – viele Tränen vergießen
sie **trank** – Julia trank viel Milch. ➛ trinken
tränken – Der Bauer tränkte das Vieh. die Tränke
der **Transport** – die Transporte; Möbel transportieren
er **trat** – Patrick trat in eine tiefe Lacke. ➛ treten
tratschen – du tratsch(s)t, sie tratschte; der Tratsch

die **Traube** – die Trauben; der Traubensaft
trauen – Ich traute mich nicht in den Keller. Der Priester traute das Brautpaar.
trauern – ich trauere, er trauerte; die Trauer
der **Traum** – die Träume; der Albtraum (= der Alptraum)
träumen – Ich träumte von einer Welt ohne Krieg. der Träumer, die Träumerin
traurig – trauriger, am traurigsten; die Traurigkeit
treffen – du triffst, er traf, sie hat getroffen; das Treffen

	treiben	du treibst, er trieb, sie haben getrieben
	trennen	Sie trennte sich von ihrem Mann. die Trennung
die	**Treppe**	steile Treppen
der	**Tresor**	Tresore sind verschließbare Metallbehälter für Wertsachen.
	treten	du trittst, er trat, ihr seid getreten; das Tretboot
	treu	treuer, am treuesten; die Treue
der	**Trichter**	die Trichter
der	**Trick**	schlaue Tricks; der Trickfilm
er	**trieb**	David trieb die Gänse in den Stall. ➛ treiben
der	**Trieb**	junge Triebe an den Bäumen
sie	**trifft**	Stefanie trifft ihre Freundin. ➛ treffen
	trinken	du trinkst, er trank, ihr habt getrunken; das Trinkgeld, das Trinkwasser
es	**tritt**	Das Pferd tritt mir auf den Fuß. ➛ treten
der	**Tritt**	die Tritte; das Trittbrett
	trocken	trockener, am trockensten; sich trocknen
der	**Trog**	die Tröge ausleeren
die	**Trommel**	die Trommeln; das Trommelfell
	trommeln	ich trommle, du trommelst, er trommelte
die	**Trompete**	glänzende Trompeten; trompeten
	tröpfeln	Das Wasser tröpfelte auf die Felsen.
der	**Tropfen**	die Tropfen; tropfen
der	**Trost**	Sie suchte Trost bei ihrer Mutter.
	trösten	Klaus tröstete seinen Freund.
	trotz	Julia ging trotz des Regens spazieren.
	trotzdem	Es schneite, trotzdem spielte Patrick Fußball.
	trotzig	trotziger, am trotzigsten; der Trotz
	trüb	trüber, am trübsten; trübes Wasser
sie	**trug**	Margit trug einen Korb. ➛ tragen
die	**Truhe**	alte Truhen auf dem Dachboden
	Tschechien	der Tscheche, die Tschechin; tschechische Autos
die	**Tube**	mehrere Tuben
das	**Tuch**	bunte Tücher
die	**Tuchent**	warme Tuchenten
	tüchtig	tüchtiger, am tüchtigsten; die Tüchtigkeit
die	**Tulpe**	Tulpen blühen nur im Frühling.
der	**Tümpel**	die Tümpel In den Tümpeln schwimmen viele Kaulquappen.
	tun	ich tue, du tust, er tat, ihr habt getan

das	**Tu|nell**	(= der Tunell), viele Tunelle bauen
der	**Tun|fisch**	(= der Thunfisch), die Tunfische
	tun|ken	Ich tunkte das Kipferl in den Kakao.
die	**Tür**	die Türen; die Türschnalle
die	**Tur|bi|ne**	Turbinen treiben Schiffe und Flugzeuge an.
die	**Tür|kei**	der Türke, die Türkin; türkischer Honig
der	**Turm**	hohe Türme
	tur|nen	Im Sommer turnten wir immer im Freien. der Turner, die Turnerin; der Turnsaal
	tu|scheln	Sie tuschelten (flüsterten heimlich über jemanden).
die	**Tü|te**	die Tüten; die Eistüte, die Schultüte

die **U-Bahn** — die U-Bahnen; mit der U-Bahn fahren; die U-Bahn-Station

übel — Beim Autofahren wurde mir übel. die Übelkeit

üben — Wir übten für die Schularbeit.

über — über die Brücke gehen; über jemanden reden

über... — *Wenn du ein Wort mit* **über-** *nicht in der alphabetischen Reihenfolge findest, mache es so:*
Du suchst überarbeiten, *schlag nach bei* **arbeiten**!
Du suchst überfahren, *schlag nach bei* **fahren**!

über|all — überall auf der ganzen Welt

der **Über|blick** — einen guten Überblick haben

der **Über|fall** — die Überfälle auf die Bank; überfallen

über|lis|ten — Die Polizisten überlisteten den Verbrecher.

über|mor|gen — Die Ferien beginnen übermorgen.

der **Über|mut** — Vor lauter Übermut fiel er vom Baum.

über|mü|tig — übermütige Kinder

über|nach|ten — Doris übernachtete bei ihrer Freundin.

über|que|ren — Bei Grün überquerten wir die Straße.

über|ra|schen — Wir überraschten ihn mit einem Geschenk.

die **Über|ra|schung** — nette Überraschungen

die **Über|schrift** — die Überschriften in unseren Heften

über|zeu|gen — Sie überzeugte den Richter von ihrer Unschuld.

üb|rig — Von der Torte blieb nichts übrig.

die **Übung** — wichtige Übungen

das **Ufer** — die Ufer des Flusses

die **Uhr** — viele Uhren; die Uhrzeit
Ich komme um ein Uhr zu dir.

der **Uhu** — Die Uhus sind Nachtvögel.

um — um das Haus gehen; um zwölf Uhr

um... *Wenn du ein Wort mit* **um-** *nicht in der alphabeischen Reihenfolge findest, mache es so:*
Du suchst umfahren, *schlag nach bei* **fahren***!*
Du suchst umdrehen, *schlag nach bei* **drehen***!*

um|ar|men Die Mutter umarmte das Kind.
der **Um|fang** die Umfänge der Rechtecke berechnen
die **Um|ge|bung** die Umgebungen
um|keh|ren Die Wanderer kehrten um.
der **Um|laut** ä, ö, ü sind Umlaute.
die **Um|lei|tung** Wegen Straßenarbeiten gibt es Umleitungen.

der **Um|schlag** kalte Umschläge machen; die Heftumschläge

um|sonst Der Eintritt ist umsonst.
um|ständ|lich umständlich fragen
der **Um|weg** viele Umwege machen
die **Um|welt** der Umweltschutz, die Umweltverschmutzung
der **Um|zug** lustige Umzüge im Fasching
un|an|ge|nehm unangenehmer, am unangenehmsten
un|be|dingt Du musst mich unbedingt anrufen!
und du und ich
un|end|lich eine unendliche Geschichte

un|ent|schie|den Das Spiel endete unentschieden.

der **Un|fall** Auf der Autobahn passieren viele Unfälle.
Un|garn der Ungar, die Ungarin; ungarische Speisen
un|ge|dul|dig ungeduldiger, am ungeduldigsten; die Ungeduld
un|ge|fähr Ich komme ungefähr um elf Uhr.
das **Un|ge|heu|er** schreckliche Ungeheuer
un|ge|recht ein ungerechter Mensch; die Ungerechtigkeit
das **Un|ge|zie|fer** das Ungeziefer im Garten
un|glück|lich unglücklicher, am unglücklichsten; das Unglück
un|heim|lich eine unheimliche Geschichte
die **Uni|form** die Uniformen anziehen
die **Uni|ver|si|tät** die Universitäten
das **Un|kraut** das Unkraut jäten
das **Un|recht** Er hat Unrecht (= unrecht).
uns Wir bemühten uns.
un|schul|dig unschuldig sein; die Unschuld
un|ser unser Vater, unsere Mutter, unsere Eltern

der **Unsinn** Unsinn machen; unsinnige Sätze schreiben
unten unten liegen
unter unter der Brücke

unter... *Wenn du ein Wort mit* **unter-** *nicht in der alphabetischen Reihenfolge findest, mache es so:*
Du suchst unterschreiben, *schlag nach bei* **schreiben***!*
Du suchst untersuchen, *schlag nach bei* **suchen***!*

die **Unterführung** durch die Unterführungen gehen
die **Untergrundbahn** Wir nennen die Untergrundbahn U-Bahn.
unterhalb unterhalb des Daches
die **Unterhaltung** lustige Unterhaltungen; unterhalten
unterirdisch unterirdische Gänge
die **Unterlage** große Unterlagen auf den Tisch legen
der **Unterricht** die Unterrichtsstunde; unterrichten
der **Unterschied** große Unterschiede machen; unterschiedlich
die **Unterschrift** die Unterschriften der Eltern
die **Untersuchung** ärztliche Untersuchungen; untersuchen
unverschämt eine unverschämte (rücksichtslose) Forderung

die **Urgroßeltern** Wir besuchen unsere Urgroßeltern.
die **Urkunde** mehrere Urkunden überreichen
der **Urlaub** erholsame Urlaube; der Urlauber, die Urlauberin
das **Urteil** gerechte Urteile fällen; urteilen

der **Urwald** die Urwälder
der **USB-Stick** Auf USB-Sticks können große Datenmengen gespeichert werden.

die **Vanille** das Vanilleeis, der Vanillezucker
die **Vase** schöne Vasen
der **Vater** die Väter; das Vaterland
das **Veilchen** Duftende Veilchen blühen auf der Wiese.
das **Ventil** alle Ventile (Absperrklappen) öffnen

ver... *Wenn du ein Wort mit* **ver-** *nicht in der alphabetischen Reihenfolge findest, mache es so:*
Du suchst verkaufen, *schlag nach bei* **kaufen***!*
Du suchst verlaufen, *schlag nach bei* **laufen***!*

verabschieden Die Gäste verabschiedeten sich.
die **Veranda** Veranden sind überdachte Hausanbauten.
Im Sommer frühstücken wir oft auf der Veranda.
verändern Im Fasching veränderten alle ihr Aussehen.
die **Veränderung** die Veränderungen
veranstalten Die Kinder veranstalteten ein Fest.
die **Veranstaltung** viele Veranstaltungen besuchen
verantwortlich Paul ist für die Klassenkassa verantwortlich.
die **Verantwortung** große Verantwortung tragen
der **Verband** frische Verbände anlegen; das Verbandszeug
verbessern Klaus verbesserte den Aufsatz.
die **Verbesserung** die Verbesserungen im Heft
sich **verbeugen** Die Schauspieler verbeugten sich.
die **Verbeugung** die Verbeugungen
verbieten du verbietest, er verbot, sie haben verboten
verblüffen Der Zauberer verblüffte alle mit seinen Tricks.
die Verblüffung

das **Verbot** strenge Verbote;
die Verbotstafel

er **verbot** Der Lehrer verbot das Abschreiben ➛ verbieten
verboten Der Lehrer hat das Raufen verboten. ➛ verbieten
das **Verbrechen** schwere Verbrechen begehen; der Verbrecher, die Verbrecherin; etwas verbrechen
die **Verbrennung** schwere Verbrennungen; verbrennen

ver|däch|ti|gen Die Polizei verdächtigte den Falschen.
die Verdächtigung

es **ver|darb** Nach vier Tagen verdarb das Obst. ➛ verderben

ver|dau|en Nach dem Essen verdaute ich die Mahlzeit.
die Verdauung

ver|der|ben es verdirbt, es verdarb, es ist verdorben

es **ver|dirbt** Das Fleisch verdirbt. ➛ verderben

ver|dor|ben Das Obst ist verdorben. ➛ verderben

ver|duns|ten Das Wasser verdunstete in der Hitze.
die Verdunstung

ver|durs|ten Die Kühe verdursteten fast.

der **Ver|ein** mehrere Vereine gründen; das Vereinshaus

ver|flie|sen Der Vater verflieste das Badezimmer.

die **Ver|fol|gung** die Verfolgungen; der Verfolger, die Verfolgerin

ver|gan|gen der vergangene Sommer; die Vergangenheit

sie **ver|gaß** Julia vergaß die Aufgabe. ➛ vergessen

ver|geb|lich vergeblich warten

ver|ges|sen du vergisst, er vergaß, ihr habt vergessen;
die Vergesslichkeit;
vergesslich sein

ver|geu|den Er vergeudete viel Zeit.
die Vergeudung

ver|gif|ten Die Hexe vergiftete den Prinzen.

die **Ver|gif|tung** schwere Vergiftungen

das **Ver|giss|mein|nicht** Vergissmeinnicht sind blaue Blümchen.

er **ver|gisst** Niki vergisst nie seine Turnsachen. ➛ vergessen

ver|glei|chen ich vergleiche, er verglich, ihr habt verglichen

er **ver|glich** Toni verglich die Hausübung. ➛ vergleichen

ver|gli|chen Sie haben die Aufgabe verglichen. ➛ vergleichen

sich **ver|gnü|gen** Die Kinder vergnügten sich im Park.
das Vergnügen; vergnügt sein

ver|grö|ßern Der Fotograf vergrößerte das Bild.
die Vergrößerung

ver|haf|ten Die Polizei verhaftete den Einbrecher.

die **Ver|haf|tung** die Verhaftungen

ver|heim|li|chen Peter verheimlichte seine schlechte Note.

ver|hei|ra|tet Meine Eltern sind schon lang verheiratet.

ver|ir|ren Die Kinder verirrten sich im Wald.

der **Ver|kauf** die Verkäufe;
der Verkäufer, die Verkäuferin

der **Ver|kehr** die Verkehrsampel, das Verkehrsmittel

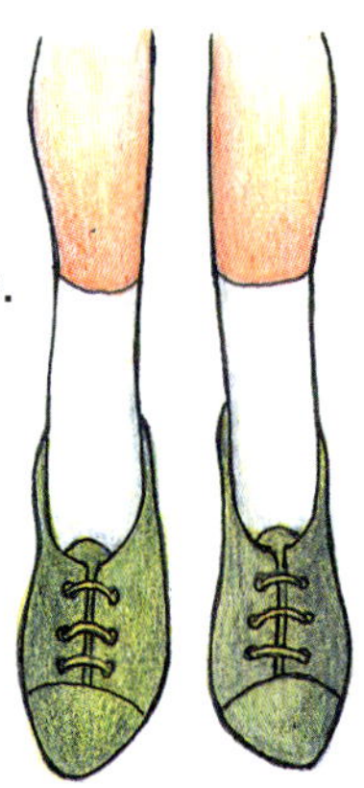

ver|kehrt die Schuhe verkehrt anziehen

	ver|klei|den	Im Fasching verkleidete ich mich als Frosch.
		die Verkleidung
die	**Ver|küh|lung**	leichte Verkühlungen; sich verkühlen
	ver|lan|gen	Der Schaffner verlangte die Fahrkarten.
	ver|län|gern	Die Lehrerin verlängerte die Pause.
	ver|läss|lich	verlässlicher, am verlässlichsten
	ver|le|gen	Lisa wird immer verlegen.
		die Verlegenheit
	ver|let|zen	du verletzt, sie verletzte sich; die Verletzung
	ver|lie|ren	du verlierst, er verlor, ihr habt verloren
er	**ver|lor**	Patrick verlor seinen Schlüssel. ➛ verlieren
	ver|lo|ren	Wir haben das Spiel verloren. ➛ verlieren
	ver|lo|sen	Sabine verloste ihr Fahrrad.
	ver|mis|sen	Wolfgang vermisste seine Eltern.
		der Vermisste, die Vermisste
	ver|nei|nen	Er verneinte die Frage.
		die Verneinung
	ver|nich|ten	Unwetter vernichteten die heurige Ernte.
		die Vernichtung
die	**Ver|nunft**	Nimm doch endlich Vernunft an!
	ver|nünf|tig	vernünftiger, am vernünftigsten
die	**Ver|pa|ckung**	die Verpackungen; verpacken
er	**ver|rät**	Michi verrät das Geheimnis. ➛ verraten
	ver|ra|ten	du verrätst, er verriet, ihr habt verraten
		der Verrat, der Verräter, die Verräterin
	ver|ren|ken	Der Fußballspieler verrenkte sich seinen Fuß.
sie	**ver|riet**	Sarah verriet allen das Geheimnis. ➛ verraten
	ver|rü|cken	Wir verrückten die Tische und Sessel.
	ver|rückt	Du bist ja verrückt!
der	**Vers**	lange Verse aufsagen
die	**Ver|samm|lung**	die Versammlungen; sich versammeln
	ver|säu|men	Uschi versäumte den Schulbus.
	ver|schie|den	Alle Menschen sind verschieden.
der	**Ver|schluss**	feste Verschlüsse
	ver|schrän|ken	Die Schüler verschränkten die Arme.
	ver|schwen|den	Der König verschwendete sein Geld.
sich	**ver|söh|nen**	Die Feinde versöhnten sich.
		die Versöhnung
sich	**ver|spä|ten**	Der Zug verspätete sich.
		die Verspätung
das	**Ver|spre|chen**	ehrliche Versprechen; versprechen

	ver|stän|di|gen	Der Mann verständigte die Polizei. die Verständigung
das	**Ver|ständ|nis**	viel Verständnis haben; verständnisvoll
	ver|stau|chen	Der Skifahrer verstauchte sich den Fuß. die Verstauchung
	ver|stau|en	Der Vater verstaute das Gepäck.
das	**Ver|steck**	geheime Verstecke; Verstecken spielen
der	**Ver|such**	gefährliche Versuche durchführen
	ver|tei|di|gen	Der Hund verteidigte sein Revier. die Verteidigung
der	**Ver|trag**	wichtige Verträge
das	**Ver|trau|en**	echtes Vertrauen haben
	ver|un|glü|cken	Viele Menschen verunglückten bei dem Unfall.
	ver|un|rei|ni|gen	Die Menschen verunreinigten die Flüsse. die Verunreinigung
	ver|wal|ten	Herr Grein verwaltete ein großes Haus. der Verwalter, die Verwalterin, die Verwaltung
	ver|wan|deln	ich verwandle, du verwandelst, er verwandelte sich
	ver|wandt	mit einigen Menschen verwandt sein; der Verwandte, die Verwandte
	ver|wir|ren	Die unterschiedlichen Meinungen verwirrten mich. die Verwirrung; verwirrt sein
	ver|wöh|nen	Klaus verwöhnte seine Mama.
die	**Ver|wun|dung**	schlimme Verwundungen; verwundet sein
	ver|zei|hen	du verzeihst, er verzieh, wir haben verziehen; die Verzeihung
	ver|zich|ten	Stefanie verzichtete auf das Fahrrad.
er	**ver|zieh**	Florian verzieh seiner Schwester. ➛ verzeihen
	ver|zie|hen	Sie haben ihm verziehen. ➛ verzeihen
	ver|zie|ren	Julia verzierte die Geburtstagstorte.
der	**Vet|ter**	Vettern sind Söhne von Tanten und Onkeln.
das	**Via|dukt**	(= der Viadukt) Viadukte sind hohe Brücken über breite Täler.
das	**Vi|deo**	die Videos; einen Videoclip mit der Kamera aufnehmen
das	**Vieh**	die Viehherde, die Viehzucht
	viel	mehr, am meisten; viel Gemüse, viele Menschen *aber:* Der Teller fiel zu Boden.

viel|leicht Morgen werde ich vielleicht ins Kino gehen.

vier 4 vier Buben, vier Uhr; vierzehn, vierzig, vierhundert, viermal würfeln; der Vierer, ein Viertel; die Viertelnote, die Viertelstunde (= die viertel Stunde)

die **Vil|la** schöne Villen; das Villenviertel
vi|o|lett violette Blumen
die **Vi|o|line** Violinen sind Musikinstrumente mit Saiten.
das **Vi|rus** (= der Virus) Viren verursachen Krankheiten.
das **Vi|ta|min** wichtige Vitamine **Vit|a|min**
der **Vo|gel** die Vögel; der Vogelkäfig, die Vogelscheuche
das **Volk** verschiedene Völker; die Volksschule
voll voller, am vollsten; die Vollmilch, der Vollmond
vom vom Laufen müde sein
von von heute bis morgen; voneinander lernen
vor vor dem Haus; vor dir ankommen

vor... *Wenn du ein Wort mit* **vor-** *nicht in der alphabetischen Reihenfolge findest, mache es so: Du suchst* vorbeugen, *schlag nach bei* **beugen**! *Du suchst* vorgehen, *schlag nach bei* **gehen**!

vor|an mit dem Kopf voran ins Wasser springen **vo|ran**
Vor|arl|berg der Vorarlberger, die Vorarlbergerin; Vorarlberger Kinder; vorarlbergische Speisen
vor|aus ich gehe voraus; im Voraus bezahlen **vo|raus**
vor|bei Die Vorstellung ist vorbei.
die **Vor|be|rei|tung** die Vorbereitungen; vorbereiten
das **Vor|bild** gute Vorbilder haben; vorbildlich
vor|de|re die vordere Reihe; das Vorderrad
vor|ges|tern Vorgestern war ich bei meinen Großeltern.
der **Vor|hang** bunte Vorhänge
vor|her zwei Tage vorher
vo|ri|ge voriges Jahr
die **Vor|la|dung** die Vorladungen
der **Vor|mit|tag** die Vormittage; am Vormittag in der Schule sein, heute Vormittag
vor|mit|tags Julia isst vormittags immer einen Apfel.
vorn (= vorne), von vorn beginnen

der **Vor|na|me**	(= der Vornamen), verschiedene Vornamen	
vor|nehm	vornehmer, am vornehmsten; vornehme Damen	
der **Vor|rang**	den Vorrang beachten; die Vorrangstraße	
der **Vor|rat**	große Vorräte; die Vorratskammer	
der **Vor|satz**	gute Vorsätze haben	
der **Vor|schlag**	einige Vorschläge machen	
vor|sich|tig	vorsichtiger, am vorsichtigsten; die Vorsicht	
die **Vor|sil|be**	ver-, zu-, bei-, an- sind Vorsilben.	
die **Vor|spei|se**	kalte Vorspeisen	
die **Vor|stel|lung**	schöne Vorstellungen im Theater; vorstellen	
der **Vor|teil**	viele Vorteile haben	
der **Vor|trag**	interessante Vorträge hören; vortragen	
vor|über	Das Gewitter ist vorüber.	**vo|rü|ber**
vor|wärts	zwei Schritte vorwärts gehen	
der **Vor|wurf**	Er macht mir ständig Vorwürfe.	
der **Vul|kan**	die Vulkane; vulkanisches Gestein	

die **Waage** genaue Waagen;
der Waagebalken, die Waagschale;
eine waagrechte Linie

die **Wabe** die Waben im Bienenhaus
wach wach sein; wachsame Hunde
die **Wache** aufmerksame Wachen; der Wachhund
(= der Wachthund); wachsam
der **Wacholder** die Wacholder; die Wacholderbeere
das **Wachs** verschiedene Wachse; die Wachskerze
wachsen du wächst, er wuchs, sie ist gewachsen;
das Wachstum
es **wächst** Das Unkraut wächst im Garten. ➛ wachsen
wackeln ich wackle, du wackelst, er wackelte; wackelig
die **Wade** dicke Waden
die **Waffe** gefährliche Waffen
die **Waffel** süße Waffeln
wagen Sie wagte den Sprung ins Wasser.

der **Wagen** die Wagen (= die Wägen);
das Wagenrad

der **Waggon** (der Wagon), die Waggons (= die Waggone) des Zuges
der **Wagon** die Wagons (= die Wagone) ➛ der Waggon
die **Wahl** geheime Wahlen; das Wahllokal
wählen Wir wählten den Klassensprecher.
der Wähler, die Wählerin
wahnsinnig wahnsinnige Angst haben; der Wahnsinn
wahr Das ist wahr!
eine wahre Geschichte; die Wahrheit
aber: Eva war im Garten.
während Leo blieb während des Gewitters im Haus.
wahrscheinlich Wahrscheinlich hast du Recht.
die **Währung** Wir zahlen in der Währung Euro und Cent.
das **Wahrzeichen** die Wahrzeichen
Das Riesenrad ist ein Wahrzeichen von Wien.

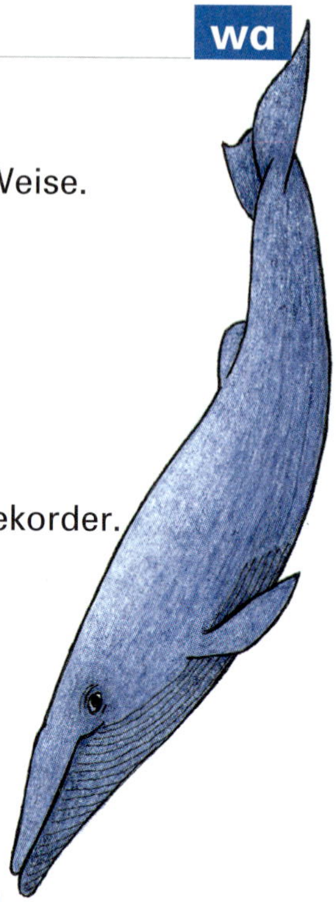

die **Wai|se** die Waisen; das Waisenkind
aber: Er erledigte die Sache auf seine Weise.

der **Wal** Wale sind Säugetiere.
aber: eine geheime Wahl

der **Wald** die Wälder; der Waldrand, das Waldsterben

der **Walk|man** die Walkmans (= die Walkmen)
Der Walkman ist ein kleiner Kassettenrekorder.

die **Wall|fahrt** die Wallfahrten; die Wallfahrtskirche
Gläubige Menschen nehmen an der Wallfahrt teil.

die **Wal|nuss** die Walnüsse

die **Wal|ze** schwere Walzen; walzen

wäl|zen du wälzt, sie wälzte

der **Wal|zer** Walzer tanzen

die **Wand** hohe Wände

er **wand** Er wand sich vor Schmerzen. ➛ winden

wan|dern ich wandere, er wanderte; die Wanderung

die **Wan|ge** rote Wangen haben

wann Julia, wann kommst du?

die **Wan|ze** lästige Wanzen

das **Wap|pen** die Wappen der neun Bundesländer

ich **war** Vorige Woche war ich im Kino. ➛ sein
aber: Es ist wahr.

die **Wa|re** viele Waren erzeugen; das Warenhaus

er **warf** Georg warf einen Stein ins Wasser. ➛ werfen

warm wärmer, am wärmsten; die Wärme

war|nen Die Polizei warnte vor dem Einbrecher.

die **War|nung** alle Warnungen beachten

war|ten Die Schüler warteten auf den Schulbus.
der Wartesaal, das Wartezimmer

der **Wär|ter** die Wärter im Zoo

die **Wär|te|rin** die Wärterinnen

war|um Warum kannst du nicht zu mir kommen?

die **War|ze** viele Warzen

was Was machen wir nach der Schule?

die **Wä|sche** Wäsche waschen; die Wäscheleine

wa|schen du wäsch(s)t, er wusch, ihr habt gewaschen; das Waschbecken, die Waschmaschine

wa|rum

das	**Was|ser**	Mineralwässer; die Wasserleitung; wasserdicht
	wa|ten	Julia watete (ging langsam) im Bach.
die	**Wat|te**	die Watten; der Wattebausch
das	**WC**	die WC (= die WCs) Wo finde ich hier bitte das WC?
	we|ben	Sie webte einen Teppich. der Weber, die Weberin; der Webstuhl
	wech|seln	ich wechsle, du wechselst, er wechselte
	we|cken	Die Mutter weckte die Kinder.
der	**We|cken**	zwei Wecken Brot; das Weckerl
der	**We|cker**	die Wecker; der Radiowecker
	we|deln	ich wedle, du wedelst, sie wedelte
	we|der	weder du noch er
	weg...	*Wenn du ein Wort mit* **weg-** *nicht in der alphabetischen Reihenfolge findest, mache es so:* *Du suchst* weggehen, *schlag nach bei* **gehen***!* *Du suchst* weglaufen, *schlag nach bei* **laufen***!*
der	**Weg**	die Wege; der Wegweiser
	weh	sich wehtun (= weh tun); wehleidig sein
	we|hen	Der Wind wehte über das Feld.
	weh|ren	Wir wehrten uns gegen unsere Gegner.
	weib|lich	eine weibliche Person
	weich	weicher, am weichsten; weiche Eier
die	**Wei|che**	die Weichen für den Zug stellen
die	**Weich|sel**	saftige Weichseln essen
die	**Wei|de**	grüne Weiden; das Weidenkätzchen
	wei|den	Die Kühe weideten auf der Wiese.
sich	**wei|gern**	ich weigere mich, du weigerst dich, wir weigerten uns
	wei|hen	Der Pfarrer weihte Brot und Wein. die Weihe; der Weihrauch, das Weihwasser
	Weih|nach|ten	zu Weihnachten; das Weihnachtsfest
	weil	Julia kam nicht in die Schule, weil sie krank war.
der	**Wein**	die Weine; die Weinlese, die Weintraube
	wei|nen	Das Baby weinte.
	wei|se	ein weiser Mann; der Weise; die Weisheit
die	**Wei|se**	Er erledigt die Sache auf seine Weise. *aber:* die Waise; das Waisenkind
	weiß	weiße Wände; weißhaarig
er	**weiß**	Leo weiß viel über fremde Länder. ➝ wissen

weit weiter, am weitesten; weit weg fahren
wei|ter Die Reise geht weiter.
der **Wei|zen** das Weizenbrot, das Weizenmehl
wel|cher welcher Mann, welche Frau, welches Kind
welk welke Blumen
die **Wel|le** hohe Wellen; die Wellenlinie
der **Wel|len|sit|tich** Manche Wellensittiche können sprechen.
die **Welt** das Weltall, der Weltraum, die Weltreise
wem Wem gehört dieses Buch?
wen Wen suchst du?
we|nig weniger, am wenigsten; wenig Fleisch essen
wenn Wenn es regnet, komme ich nicht.
wer Wer kann mir helfen?
die **Wer|bung** die Werbung im Fernsehen anschauen
wer|den du wirst, er wurde, ihr seid geworden
wer|fen du wirfst, er warf, sie hat geworfen
das **Werk** gute Werke tun
die **Werk|statt** die Werkstätten
das **Werk|zeug** die Werkzeuge
die **Wes|pe** fliegende Wespen; das Wespennest
die **Wes|te** warme Westen

der **Wes|ten** im Westen; westlich
der **Wes|tern** Western sind Filme mit Cowboys.
wet|ten Paul wettete mit seinen Freunden.
die Wette; der Wettlauf
das **Wet|ter** der Wetterbericht, der Wetterfrosch
wich|tig wichtiger, am wichtigsten; die wichtige Nachricht
wi|ckeln ich wickle, du wickelst, er wickelte
der **Wid|der** die Widder
wi|der etwas wider Willen tun; widerlich
der **Wi|der|spruch** Die Entschuldigung war voller Widersprüche.
wi|der|wil|lig widerwillig das Geschirr abtrocknen
wie Wie oft? Wie lange? Wie viel?
wie|der Morgen kommt meine Oma wieder.
aber: wider meinen Willen
wie|der|ho|len Die Lehrerin wiederholte die Rechnung.
die Wiederholung
wie|der|se|hen jemanden gern wiedersehen ➝ sehen
das **Wie|der|se|hen** Auf Wiedersehen!

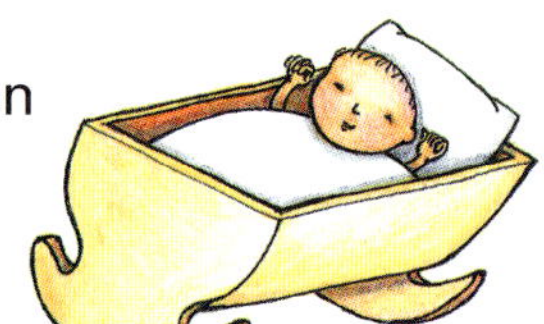

wie|gen du wiegst, er wiegte, ihr habt gewiegt
Die Mutter wiegte das Baby in den Schlaf.
die Wiege; das Wiegenlied

wie|gen du wiegst, er wog, ihr habt gewogen
Das Paket wiegt zehn Kilo.

wie|hern Die Pferde wieherten.
Wien das Bundesland Wien, die Bundeshauptstadt Wien; der Wiener, die Wienerin; das Wiener Schnitzel; wienerisch
die **Wie|se** duftende Wiesen
das **Wie|sel** flinke Wiesel
wild wilder, am wildesten; ein wildes Tier
das **Wild** das Wild jagen; der Wildpark, das Wildschwein
sie **will** Sandra will morgen ins Theater gehen. ➛ wollen
der **Wil|le** (= der Willen), ein starker Wille
will|kom|men Du bist bei uns herzlich willkommen!
wim|meln Im Garten wimmelte es von Ameisen.
wim|mern ich wimmere, du wimmerst, er wimmerte

der **Wim|pel** bunte Wimpel

die **Wim|per** lange Wimpern
der **Wind** starke Winde; das Windrad; ein windiger Tag
die **Win|del** nasse Windeln
win|den du windest, er wand, sie hat sich gewunden
der **Win|kel** vier rechte Winkel; ein stiller Winkel; wink(e)lig
win|ken Ich winkte ihm zum Abschied.
win|seln ich winsle, du winselst, er winselte
der **Win|ter** kalte Winter; der Wintersport; winterlich
der **Win|zer** Winzer sind Weinbauern.
die **Win|ze|rin** die Winzerinnen
win|zig winziger, am winzigsten; ein winziges Loch
der **Wip|fel** die Wipfel (Spitzen) von Bäumen
wir Wir fahren morgen auf Urlaub.
er **wird** Niki wird nächste Woche 12 Jahre alt. ➛ werden
sie **wirft** Judith wirft den Ball über den Zaun. ➛ werfen
wirk|lich Das war wirklich nicht meine Schuld.
der **Wirt** die Wirte; das Wirtshaus
die **Wir|tin** die Wirtinnen
die **Wirt|schaft** die Wirtschaften; wirtschaften; wirtschaftlich
wi|schen du wisch(s)t, er wischte
wis|sen du weißt, er wusste, wir haben gewusst; das Wissen; die Wissenschaft
wit|tern ich wittere, er witterte
die **Wit|we** die Witwen

der	**Wit|wer**	die Witwer
der	**Witz**	lustige Witze machen; witzig
	wo	Wo wohnt Peter?
die	**Wo|che**	mehrere Wochen; der Wochentag; wochenlang
	wo|für	Wofür hast du das gekauft?
sie	**wog**	Eva wog 25 kg. ➛ wiegen
	wo|her	Peter, woher kommst du?
	wo|hin	Karin, wohin gehst du?
	woh|nen	Mirko wohnte früher in einem anderen Land. die Wohnung; das Wohnhaus
der	**Wolf**	die Wölfe; der Wolfshund
die	**Wol|ke**	dunkle Wolken; wolkenlos, wolkig
die	**Wol|le**	die Wolldecke; der Wollknäuel (= das Wollknäuel)
	wol|len	du willst, er wollte, ihr habt gewollt
das	**Wort**	die Wörter; das Wörterbuch
	wor|ü|ber	Worüber redet ihr? **wo|rü|ber**
	wo|von	Wovon hast du heute Nacht geträumt?
	wo|zu	Wozu brauchst du das Lineal?
sie	**wuchs**	Die Blume wuchs drei Zentimeter. ➛ wachsen
	wüh|len	im Schlamm wühlen; die Wühlmaus
die	**Wun|de**	die Wunden verbinden
das	**Wun|der**	große Wunder
	wun|dern	ich wundere mich, er wunderte sich
	wun|der|schön	wunderschöne Lieder
der	**Wunsch**	viele Wünsche haben; der Wunschzettel
	wün|schen	Du wünsch(s)t deiner Mutter alles Gute. Georg wünschte sich ein Fahrrad.
er	**wur|de**	Der Einbrecher wurde verhaftet. ➛ werden
der	**Wurf**	weite Würfe
der	**Wür|fel**	zwei Würfel; der Würfelzucker
	wür|feln	ich würfle, du würfelst, er würfelte
der	**Wurm**	die Würmer; wurmige Kirschen
die	**Wurst**	die Würste
das	**Würs|tel**	heiße Würstel
die	**Wur|zel**	dicke Wurzeln; der Wurzelstock
	wür|zen	du würzt, sie würzte; die Würze
sie	**wusch**	Veronika wusch sich die Haare. ➛ waschen
er	**wuss|te**	Georg wusste alles bei der Prüfung. ➛ wissen
die	**Wüs|te**	sandige Wüsten
die	**Wut**	große Wut haben
	wü|tend	Thomas wird leicht wütend.

die **X-Bei|ne** X-Beine haben; x-beinig (= X-beinig)
x-mal x-mal an der Tür klopfen

das **Xy|lo|phon** (das Xylofon),
zwei Xylophone

das **Yp|si|lon** Den Namen Yvonne schreibt man mit Ypsilon.

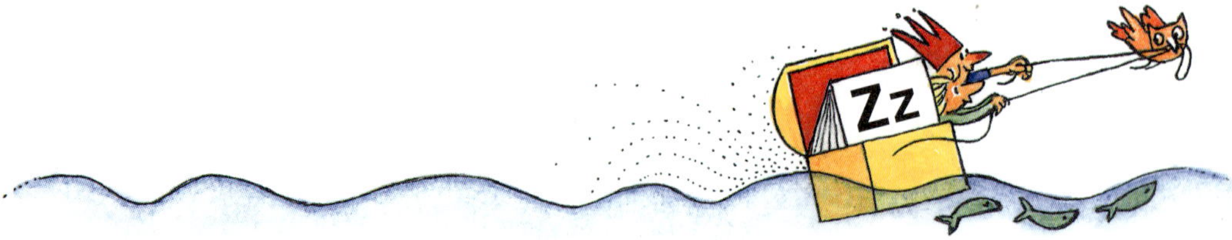

die **Za|cke** (= der Zacken), die Zacken; zackig
zäh zäher, am zähesten; zähes Fleisch
die **Zahl** gerade und ungerade Zahlen
zah|len Sie zahlten gleich nach dem Essen.
zäh|len Er zählte die Minuten bis zur Abfahrt. der Zähler; die Zählung
zahm zahmer, am zahmsten; ein zahmes Pferd
zäh|men Er zähmte die wilden Tiere. die Zähmung
der **Zahn** die Zähne; der Zahnarzt, die Zahnbürste, das Zahnrad
die **Zan|ge** kleine Zangen
der **Zap|fen** die Zapfen; der Tannenzapfen
zap|peln ich zapple, du zappelst, er zappelte; zappelig
zart zarter, am zartesten; ein zarter Duft
zärt|lich zärtlicher, am zärtlichsten; die Zärtlichkeit
170 der **Zau|be|rer** die Zauberer
die **Zau|be|rin** die Zauberinnen
zau|bern ich zaubere, er zauberte; die Zauberei
der **Zaum** die Zäume der Pferde; das Zaumzeug; zäumen
der **Zaun** die Zäune; der Zaunpfahl
das **Zeb|ra** die Zebras; der Zebrastreifen **Ze|bra**
die **Ze|cke** die Zecken; der Zeckenbiss, die Zeckenimpfung
die **Ze|he** die Zehen; die Zehenspitze
zehn 10 zehn Kinder, zehn Uhr; zehnmal rufen; der Zehnte, der Zehner

das **Zei|chen** die Zeichen; die Zeichensprache
zeich|nen Ich zeichnete meine Familie. die Zeichnung
zei|gen Er zeigte mir ein Foto. der Zeiger; der Zeigefinger
die **Zei|le** viele Zeilen schreiben
die **Zeit** schöne Zeiten erleben; der Zeitpunkt
zei|tig zeitig in der Früh aufstehen
die **Zei|tung** die Berichte in den Zeitungen

die **Zel|le**	die Zellen im Körper; die Telefonzelle	
das **Zel|lo|phan**	Brote in Zellophan einwickeln	
das **Zelt**	die Zelte aufstellen; zelten	
der **Zen|ti|me|ter**	zehn Zentimeter	
die **Zen|tral|hei|zung**	die Zentralheizungen einschalten	**Zent|ral|hei|zung**
das **Zen|trum**	die Zentren; das Einkaufszentrum	**Zent|rum**

zer… *Wenn du ein Wort mit* **zer-** *nicht in der alphabetischen Reihenfolge findest, mache es so: Du suchst* zerbrechen, *schlag nach bei* **brechen**!
Du suchst zerspringen, *schlag nach bei* **springen**!

zer|brech|lich	zerbrechliche Gegenstände
zer|flei|schen	Die Löwen zerfleischten ihre Beute.
zer|klei|nern	Der Holzfäller zerkleinerte die Baumstämme.
zer|knül|len	Karin zerknüllte ein Blatt Papier.
zer|ren	Der Hund zerrte an der Leine.
die **Zer|rung**	Sportler haben oft schmerzhafte Zerrungen.
die **Zer|stö|rung**	schwere Zerstörungen; zerstören
der **Zet|tel**	ein paar Zettel
der **Zeu|ge**	die Zeugen; die Zeugenaussage
die **Zeu|gin**	die Zeuginnen
das **Zeug|nis**	die Zeugnisse
die **Zie|ge**	meckernde Ziegen; der Ziegenbock
der **Zie|gel**	viele rote Ziegel; der Ziegelstein
zie|hen	du ziehst, er zog, ihr habt gezogen; die Ziehung
die **Zieh|har|mo|ni|ka**	die Ziehharmonikas (= die Ziehharmoniken)
das **Ziel**	alle Ziele erreichen; die Zielscheibe; zielen

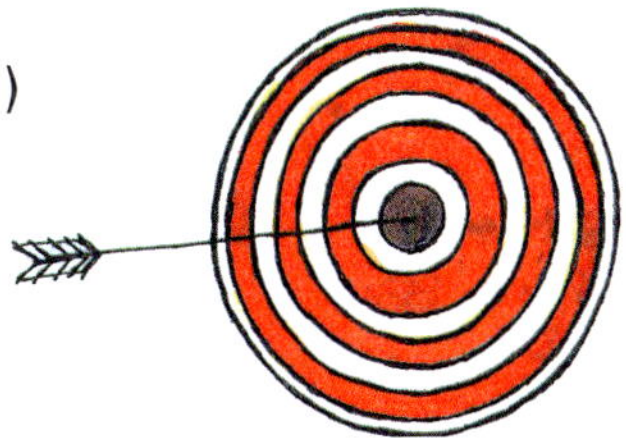

ziem|lich	ziemlich viele Menschen
zier|lich	zierlicher, am zierlichsten; eine zierliche Figur
die **Zif|fer**	einige Ziffern; das Zifferblatt (= das Ziffernblatt)
die **Zi|ga|ret|te**	viele Zigaretten rauchen
die **Zi|gar|re**	verschiedene Zigarren rauchen
der **Zi|geu|ner**	einige Zigeuner ➛ die Roma und Sinti
die **Zi|geu|ne|rin**	die Zigeunerinnen
das **Zim|mer**	die Zimmer; der Zimmerschlüssel
der **Zim|mer|mann**	die Zimmerleute
der **Zimt**	Grießkoch mit Zimt essen
die **Zin|ne**	die Zinnen der Burg

der	**Zins**	einen hohen Zins für die Wohnung zahlen
die	**Zin|sen**	viele Zinsen von der Bank bekommen
der	**Zip|fel**	lange Zipfel; die Zipfelmütze
der	**Zipp|ver|schluss**	die Zippverschlüsse schließen
der	**Zir|kel**	die Zirkel
der	**Zir|kus**	die Zirkusse; das Zirkuszelt
	zir|pen	Die Grillen zirpten im Gras.
	zi|schen	Die Dampflok zischte.
die	**Zi|ther**	klangvolle Zithern Die Zither ist ein Saiteninstrument.

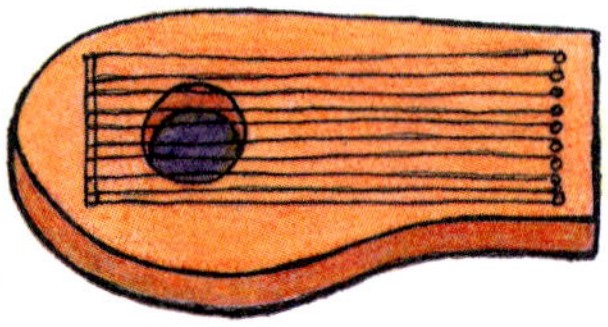

die	**Zi|tro|ne**	reife Zitronen — **Zit|ro|ne**
	zit|tern	ich zittere, er zitterte
es	**zog**	Das Pferd zog die Kutsche. ➛ ziehen
	zö|gern	ich zögere, sie zögerte
der	**Zoll**	hohe Zölle; das Zollamt; der Zöllner, die Zöllnerin
der	**Zoo**	große Zoos
der	**Zopf**	geflochtene Zöpfe
	zor|nig	zorniger, am zornigsten; der Zorn
	zu	zu dir kommen; zu Fuß gehen; zu wenig kochen, zu viel essen

zu...

Wenn du ein Wort mit **zu-** *nicht in der alphabetischen Reihenfolge findest, mache es so:*
Du suchst zumachen, *schlag nach bei* **machen**!
Du suchst zunehmen, *schlag nach bei* **nehmen**!

die	**Zucht**	verschiedene Zuchten; die Pferdezucht
	züch|ten	Der Gärtner züchtete Rosen.
der	**Zu|cker**	zwei Kilogramm Zucker kaufen; der Zuckerbäcker
das	**Zu|ckerl**	viele Zuckerln essen
	zu|ckern	ich zuckere, sie zuckerte
	zu|ein|an|der	zueinander finden — **zu|ei|nan|der**
	zu|erst	Karin war zuerst da.
die	**Zu|fahrt**	mehrere Zufahrten; die Zufahrtsstraße
der	**Zu|fall**	einige Zufälle; zufällig
	zu|frie|den	zufrieden sein; die Zufriedenheit
der	**Zug**	die Züge; das Zugtier
der	**Zu|gang**	gesperrte Zugänge
der	**Zü|gel**	die Zügel fest in den Händen halten
	zu Hau|se	(= zuhause); zu Hause essen
	zu|hau|se	(= zu Hause)

der	**Zuhörer**	viele Zuhörer
die	**Zuhörerin**	die Zuhörerinnen
	zuknöpfen	Sie knöpfte den Mantel zu.
die	**Zukunft**	an die Zukunft denken
	zuletzt	Julia verließ zuletzt das Klassenzimmer.
	zum	ein Ball zum Spielen; zum Beispiel
der	**Zuname**	(= der Zunamen), die Zunamen von Freunden
	zündeln	ich zündle, du zündelst, er zündelte
das	**Zündholz**	die Zündhölzer
die	**Zunge**	lange Zungen
	zupfen	Er zupfte die Saiten der Gitarre.
	zur	zur Großmutter gehen; zur Zeit Mozarts
	zurück	hin und zurück

zurück... *Wenn du ein Wort mit* **zurück-** *nicht in der alphabetischen Reihenfolge findest, mache es so:*
Du suchst zurückfahren, *schlag nach bei* **fahren***!*
Du suchst zurückgehen, *schlag nach bei* **gehen***!*

	zurzeit	zurzeit auf Urlaub sein
	zusammen	zusammen spielen

zusammen... *Wenn du ein Wort mit* **zusammen-** *nicht in der alphabetischen Reihenfolge findest, mache es so:*
Du suchst zusammenstellen, *schlag nach bei* **stellen***!*
Du suchst zusammenkehren, *schlag nach bei* **kehren***!*

der	**Zusammenstoß**	schwere Zusammenstöße
	zusätzlich	zusätzliche Übungen
der	**Zuschauer**	die Zuschauer
die	**Zuschauerin**	die Zuschauerinnen
die	**Zutat**	die Zutaten für den Kuchen
	zutraulich	ein zutrauliches Tier
der	**Zutritt**	Zutritt verboten!
	zuvor	am Tag zuvor
er	**zwang**	Er zwang mich, das Versteck zu zeigen. ➛ zwingen
	zwängen	Peter zwängte sich in den Bus.
	zwanzig	zwanzig Euro, zwanzig Birnen
der	**Zweck**	Geld für einen guten Zweck sammeln

zwei	2 zwei Mädchen, zwei Uhr; zweihundert, zweimal klopfen; der Zweier, der Zweite

zweifeln	ich zweifle, du zweifelst, er zweifelte; der Zweifel
der **Zweig**	die Zweige
der **Zwerg**	die Zwerge
die **Zwetschke**	süße Zwetschken; die Zwetschkenknödel
zwicken	Susi zwickte Florian in den Arm.
der **Zwieback**	knusprige Zwiebacke essen
die **Zwiebel**	frische Zwiebeln
der **Zwielaut**	au, ei, eu sind Zwielaute.
der **Zwilling**	die Zwillinge; das Zwillingspaar
zwingen	du zwingst, er zwang, ihr habt gezwungen
zwinkern	ich zwinkere, er zwinkerte
der **Zwirn**	feste Zwirne; der Zwirnsfaden
zwischen	zwischen den Ästen; zwischendurch
zwitschern	Die Spatzen zwitscherten auf dem Dach.

zwölf 12	zwölf Kinder, zwölf Uhr; zwölfmal rufen; ein Zwölfer im Toto, der Zwölfte

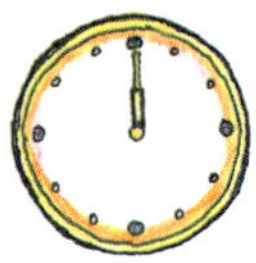

der **Zylinder**	die Zylinder

▸ Wörter mit großem Anfangsbuchstaben

Jedes **Namenwort** schreibe ich mit großem Anfangsbuchstaben.

Beispiele: der Mann, die Katze, das Haus,
der Tag, die Liebe, das Geheimnis

Achtung: der alte Mann, die graue Katze

Zeitwörter nach **das, zum, beim, vom,** ... schreibe ich mit großem Anfangsbuchstaben.

Beispiele: zum Lesen eine Brille brauchen, beim Kochen
eine Schürze tragen, vom Wandern müde sein,
sich auf das Spielen freuen

Achtung: beim lauten Lesen, vom guten Essen

Eigenschaftswörter nach **alles, etwas, nichts, viel, wenig,** ... schreibe ich mit großem Anfangsbuchstaben.

Beispiele: alles Liebe wünschen, etwas Süßes essen,
nichts Neues entdecken, viel Hübsches sehen,
wenig Interessantes finden

Die **Anredefürwörter Sie, Ihnen, Ihrer** schreibe ich in der wörtlichen Rede und in Briefen mit großem Anfangsbuchstaben.

Beispiele: Peter fragte Herrn Koller: „Wann kommen Sie zu uns?"

> Sehr geehrte Frau Huber,
> wie geht es Ihnen? Wann kommen Sie zu uns?
> Liebe Grüße von Ihrer Silvia

Achtung: Monika fragte: „Wann kommst du zu uns?"

> Lieber Patrick,
> wie geht es dir (= Dir)? Wann kommst du (= Du) zu uns?
> Liebe Grüße von deiner (= Deiner) Silvia

Das **erste Wort** eines **Satzes** schreibe ich mit einem großen Anfangsbuchstaben.

Beispiele: Der Unterricht beginnt um acht Uhr.
Patrick meinte: „Ich komme morgen zu dir."

▸ Wörter mit einem Kürzezeichen

Den Selbstlaut oder den Umlaut vor einem Doppelmitlaut spreche ich kurz.
Jeder **Doppelmitlaut** ist ein Kürzezeichen.

Beispiele: rubbeln, paddeln, Stoff, Bagger, rollt, Kämme, Tanne, Tipp, knurren, Nüsse, rattern, Skizze

---

Den Selbstlaut oder den Umlaut vor ck spreche ich kurz.
ck ist ein Kürzezeichen.

Beispiele: backen, Bäcker, Block, Stöcke, drucken, Brücke

Den Selbstlaut oder den Umlaut vor tz spreche ich kurz.
tz ist ein Kürzezeichen.

Beispiele: Katze, schätzen, hetzen, plötzlich, putzt, Blitz

▸ Wörter mit einem Längezeichen

In manchen Wörtern wird die Länge eines Selbstlautes, eines Umlautes oder eines Zwielautes besonders gekennzeichnet.

Den Laut vor einem ß spreche ich lang.
ß ist ein Längezeichen.

Beispiele: Straße, Fuß, Füße, grüßen, stoßen, heißt, weiß, fleißig, heiß

Den Laut vor einem **stummen h** spreche ich lang.
Dieses h ist ein Längezeichen.

Beispiele: Kuh, Stroh, Kahn, Zähne, zehn, blühen, mähen

In vielen Wörtern steht **ie**.
Das e nach dem i ist ein Längezeichen.

Beispiele: Biene, Ziege, lieb, Schiene, fliege, biegen, schief

---

In wenigen Wörtern steht ein Doppelselbstlaut (= aa, ee, oo).
Auch **Doppelselbstlaute** sind Längezeichen und daher lang zu sprechen.

Beispiele: Saal, ein Paar Schuhe, Schnee, Klee, Boot, Moos

In sehr wenigen Wörtern steht **ieh**.
ieh ist ein seltenes Längezeichen.

Beispiele: sieht, zieht, flieht, Vieh

Achtung: In vielen Wörtern wird die Länge eines Selbstlautes oder eines Umlautes nicht gekennzeichnet.
Wenn du vor dem Schreiben eines dieser Wörter unsicher bist, hilft nur eines: **Schlag im Wörterbuch nach!**

▸ k und z nach Mitlauten

Nach **Mitlauten** steht nie ck, sondern nur **k**!

Beispiele: Nelke, welk, Onkel, denken, Birke, merken

Nach **Mitlauten** steht nie tz, sondern nur **z**!

Beispiele: Holz, stolz, Pflanze, tanzen, Kerze, stürzen

▸ Die Satzzeichen in der wörtlichen Rede

Martin sagte: „Ich gehe in den Garten."
Katja fragte: „Was machst du im Garten?"
Lukas rief: „Vergiss nicht die Blumen zu gießen!"

„Ich gehe in den Garten", sagte Martin.
„Was machst du im Garten?", fragte Katja.
„Vergiss nicht die Blumen zu gießen!", rief Lukas.
„Wir werden", sagte die Mutter, „morgen den Zaun streichen."

▸ Wörter richtig abteilen

Ich trenne so, wie es sich beim **langsamen Sprechen** ergibt.

Beispiele: Freun = de, On = kel, Mut = ter, flei = ßig,
Schus = ter, Schwes = ter, Kat = ze

Die Trennung eines Wortes erfolgt immer **vor** dem **letzten Mitlaut**.

Beispiele: ra = ten, sprin = gen, schimp = fen, künst = lich

Achtung: ba = cken, schlei = chen, fi = schen

Ein **einzelner Selbstlaut** am **Wortanfang** darf nicht abgetrennt werden.

Beispiele: Esel, Igel, übel, Ader

das **Alphabet** = das Abc
Das sind die Buchstaben von A bis Z.

der **Artikel** = der Begleiter, auch: das Geschlechtswort
Er gibt das Geschlecht des Namenwortes an.
Wir unterscheiden die bestimmten Artikel der, die, das und die unbestimmten Artikel ein, eine.

die **Beifügung** = das Attribut
Oft wird Namenwörtern zur genaueren Erklärung ein Wort beigefügt (= der *braune* Ball, das *neue* Kleid).

das **Eigenschaftswort** = das Adjektiv = das Wiewort
Beispiele: groß, klein, grün, fleißig, rund

die **Einzahl** = der Singular
Beispiele: der Bach, die Frau, das Haus, die Freude

die **Ergänzung** = das Objekt
Die Ergänzung ist ein Satzglied, das im Satz manchmal notwendig ist.
Beispiele: Lukas holt die Milch. (Ergänzung im 4. Fall)
Julia hilft dem Vater. (Ergänzung im 3. Fall)

der **Fall** Die vier Fälle sind:

1. Fall	2. Fall	3. Fall	4. Fall
Werfall	Wesfall	Wemfall	Wenfall
Nominativ	Genitiv	Dativ	Akkusativ

Beispiele:

der Mann	des Mannes	dem Mann	den Mann
die Frau	der Frau	der Frau	die Frau
das Kind	des Kindes	dem Kind	das Kind
die Kinder	der Kinder	den Kindern	die Kinder

das **Fürwort** = das Pronomen
Persönliche Fürwörter sind
ich, du, er, sie, es, wir, ihr, sie.
Anredefürwörter sind z. B.
dir, dich, euch – Sie, Ihnen, Ihrer.

die **Gegenwart** = das Präsens
Das ist eine Zeitform des Zeitwortes.
Beispiele: ich schreibe, du singst, er liest, es regnet, wir spielen

das **Geschlecht** In der Sprachlehre gibt es drei Geschlechter. Du erkennst das Geschlecht am bestimmten Artikel der Einzahl:

der Baum (= männliches Geschlecht), *die* Katze (= weibliches Geschlecht), *das* Haus (= sächliches Geschlecht)

die **Grammatik** = die Sprachlehre = die Sprachbetrachtung

die **Mehrzahl** = der Plural
Beispiele: die Bäche, die Frauen, die Häuser, die Freuden

der **Mitlaut** = der Konsonant
Mitlaute sind die Buchstaben b, c, d, f, g, h, j, k, l, m, n, p, qu, r, s, ß, t, v, w, x, y, z.

die **Mitvergangenheit** = das Präteritum
Das ist eine Zeitform des Zeitwortes.
Beispiele: ich schrieb, du sangest, er las,
es regnete, wir spielten

die **Nachsilbe** = ein Wortbaustein
Mit Nachsilben kannst du Wortarten verändern.
Beispiele: -ung: retten – Rettung
-nis: hindern – Hindernis
-ig: Hunger – hungrig
-isch: Regen – regnerisch

das **Namenwort** = das Nomen = das Hauptwort
Beispiele: der Vater, die Katze, das Haus, der Tag,
die Freude, das Zeugnis

das **Prädikat** Das Prädikat ist das Satzglied, das vom Zeitwort gebildet wird.
Beispiele: Der Hund *bellt*. Der Hund *wird bellen*.
Hunde *bellten*. Ein Hund *hat gebellt*.

der **Satz** *Aussagesatz:* Ich fahre morgen nach Graz.
Fragesatz: Wann fährst du wieder nach Tirol?
Aufforderungssatz: Fahr mit dem Rad nicht auf dem Gehweg!

der **Selbstlaut** = der Vokal
Selbstlaute sind die Buchstaben a, e, i, o, u.

die **Silbe** Das Wort ab=ge=ris=sen besteht aus vier Silben (= Wortteilen).

das **Subjekt** Das Subjekt ist das Satzglied im 1. Fall.
Beispiele: Der Vater liest die Zeitung.
Er hilft oft der Mutter.

der **Umlaut** Umlaute sind ä, ö, ü.

die **Vergangenheit** = das Perfekt
Das ist eine Zeitform des Zeitwortes.
Beispiele: Der Vater *hat gelesen*.
Er *ist* mit dem Auto *gefahren*.

die **Vorsilbe** = ein Wortbaustein
Mit Vorsilben kannst du die Wortbedeutung verändern.
Beispiele: ver-: laufen – verlaufen
zer-: brechen – zerbrechen
ent-: springen – entspringen

das **Zeitwort** = das Verb
Beispiele: Der Vater *liest*. Silvia *schreibt*.
Karin *ist* im Kino. Patrick *war* im Bad.

die **Zukunft** = das Futur
Das ist eine Zeitform des Zeitwortes.
Beispiele: Der Vater *wird lesen*.
Die Kinder *werden spielen*.

der **Zwielaut** Zwielaute sind au, ei, eu, ai, äu.